KB125414

이 책을
이 세상에서 가장 존경하는
내 사랑 모나무르,
남편에게 드립니다

내 사랑,
모나무르 *Mon Amour*

초판 1쇄 발행 2019년 10월 11일

지 은 이 윤경숙
발 행 인 권선복
편　　집 오동희
디 자 인 김소영
기록정리 한영미
전 자 책 서보미
마 케 팅 권보송
발 행 처 도서출판 행복에너지
출판등록 제315-2011-000035호
주　　소 (157-010) 서울특별시 강서구 화곡로 232
전　　화 0505-613-6133
팩　　스 0303-0799-1560
홈페이지 www.happybook.or.kr
이 메 일 ksbdata@daum.net

값 15,000원

ISBN 979-11-5602-748-5 (03810)

도서출판 행복에너지는 독자 여러분의 아이디어와 원고 투고를 기다립니다. 책으로 만들기를 원하는 콘텐츠가 있으신 분은 이메일이나 홈페이지를 통해 간단한 기획서와 기획의도, 연락처 등을 보내주십시오. 행복에너지의 문은 언제나 활짝 열려 있습니다.

내 사랑,
모나무르

Mon Amour

윤경숙 지음

도서
출판 **행복에너지**

더불어 행복한 세상,
모나무르(MON AMOUR)

아산의 산골소녀에게는 꿈이 하나 있었습니다.

언젠가는 고향으로 돌아가 마음이 지친 사람들에게 희망을 선물하고 쉼터와 축복이 되는 공간을 만들어, 그곳에서 보다 많은 사람들이 함께 행복한 세상을 만들어 가는 것이었습니다.

그렇게 사람들과 더불어 문화를 나누고, 예술을 나누고, 행복을 나누는 복합문화예술 공간을 건립하는 것이었습니다.

그곳이 바로 전시·공연·휴식을 아우르며 오감체험이 가능한 감성공간이자, 프랑스어로 '내 사랑'이란 뜻을 품고 있는 <모나무르MON AMOUR>입니다.

어릴 적 소녀의 꿈이 단순히 꿈으로만 그치지 않도록, 기꺼이 이 꿈에 동참하고 언제나 변함없이 든든한 지원을 아끼지 않았던 남편이 있었기에, 오늘날의 저와 <모나무르>가 존재할 수 있는 것이라고 생각합니다.

"Love asks me no questions, and gives me endless support(사랑은 내게 질문하지 않으며, 다만 끝없는 지지를 준다)."는 셰익스피어의 말처럼, 제 삶의 길목 길목마다 남편의 사랑과 지지가 있었기에 가능한 일이었습니다.

이 자리를 빌려 남편에게 다시 한번 감사함을 전하며, 어느새 훌륭하게 자라 <모나무르>의 공연을 기획하며 엄마의 든든한 조력자가 되어준 두 딸과 사위들에게도 사랑을 전합니다.

이 책은 거창한 자전적 에세이라기보다는, 그저 지금까지 살아오면서 제가 직접 겪고 느낀 것들을 한데 묶어놓은 '윤경숙 생각모음집'이라 할 수 있습니다.

한 글자 한 글자에 제 마음과 생각들을 정성껏 담으려고 노력했습니다. 그저 제 진심이 담긴 이 책을 통해, 지금 지치고 힘든 이들에게 조금이라도 희망을 줄 수 있다면 더 바랄 것이 없겠습니다.

수많은 좋은 것들은 나눌수록 더 커지고, 나누는 데 큰 비용이 들지도 않는다고 합니다. 나눌수록 더 커지는 기적을 우리 모두 함께 만들어 갈 때 보다 살기 좋은 세상이 될 것입니다.

　모쪼록 언제나 누구에게나 활짝 열려 있는 공간 <모나무르>에서 여러분의 꿈과 행복이 무르익어 가기를 기원합니다.

2019년 가을

윤경숙

· Contents ·

CHAPTER 1
꿈을 밀고 나가는 힘은
'열정'과 '의지'

If you can give your son or daughter only one gift,
let it be enthusiasm.

당신의 아들딸에게 단 하나의 재능만을 줄 수 있다면, 열정을 주어라.

– Bruce Barton(브루스 바트) –

The greatest pleasure in life is doing
what people say you cannot do.

인생에 있어서 가장 즐거운 것은
사람들이 당신이 해낼 수 없을 거라 했던 일을 해내는 것이다.

– Walter Bagehot(월터 배젓) –

Passion & Free Will

추억의 버튼

추억에도 재생 버튼이 달려 있으면 좋겠다.

까맣게 잊고 있다가도 콕~ 재생 버튼만 누르면 스르르 화면이 돌아가고, 어느새 훌쩍 나이가 들어 버린 내가 추억 속으로 걸음을 옮길 때마다 아이로 변해 가는.

아름다운 추억이든 슬픈 추억이든 이미 지나가 버린 것들에는 늘 현재의 삶을 되새겨 보게 하는 힘이 있다. 바로 세월의 힘이다.

힘들었던 시간도 지나고 나서 되돌아보면 그때만큼 힘들지 않다. 조금쯤은 세월의 힘으로 아름답게 채색되는 것이다. 물론 그 시간들을 자신이 할 수 있는 최선을 다해 한 걸음 한 걸음 꾹꾹 눌러 밟고 왔을 때에 한해서겠지만.

나는 물 좋고 산 좋은 아산에서 태어나 덜거덕 덜거덕 구수한 달구지 소리를 들으며 자란 산골소녀였다. 우리 집에서 학교까지 가려면 고개를 넘어야 했고, 아이 걸음으로 치면 40분 정도 걸렸던 것 같다.

지금 생각해 보면 그 어린 나이에 매일 40분씩 걸어서 학교까지 어떻게 왔다 갔다 했나 신기하다. 그런데도 학교에 가는 것 자체가 신이 나서 힘들기보다 기분 좋았던 기억이 더 많이 남아 있다.

그런데 희한하게도 초등학교 3학년 이전의 기억은 선명하지가 않다. 어렴풋이 꽃신 신고 가슴에 수건 매달고 학교를 다녔던 기억은 나는데, 그 무렵의 친구들이나 담임선생님 얼굴은 잘 생각나지 않는다.

내 기억이 선명해지는 건 초등학교 3학년 때부터다. 콩밭을 메고 있는 부모님께 새참으로 내다 드릴 요량으로, 주전자에 막걸리를 담아 흘리지 않으려고 조심조심 밭으로 향하던 내 모습이 지금도 생생하다. 콩밭이 무척 컸기 때문에 어린 마음에도 부모님이 저 밭을 다 메려면 얼마나 힘이 들까 걱정이 앞서곤 했다.

이때까지만 해도 시골마을에서 남부럽지 않게 살던 집이었기에 별다른 걱정 없이 지낼 수 있었다. 그러나 유복했던 시절은 그리 오래 가지 않았다. 살다 보면 부침浮沈 없는 집이 어디 있겠는가. 우리 집도 예외가 아니었다.

어느 날부터 가세가 기울기 시작했고 그 커다랗던 콩밭도 더 이상 우리 집 것이 아니었다. 불행은 겹쳐서 온다고 했던가. 하필이면 그 무렵 어머니까지 허리를 다치시는 바람에, 5남매의 맏딸이었던 내가 어머니를 대신해야 했다. 초등학교 4학년 무렵이었다. 그때부터 나는 밥을 짓기 시작했다.

엄마의 허리는 쉽게 낫지 않았다. 시간이 갈수록 맏딸인 내 어깨가 더욱 무거워질 수밖에 없었다. 나에게 의지하는 동생들을 위해서라도 어떻게든 달라진 현실에 적응해야 했다. 무엇보다 엄마의 허리가 빨리 낫게 해달라고 매일 밤 기도했다.

그러던 어느 날이었다. 옆집 최씨 할머니가 맑간 물이 담긴 소주병을 가져오셔서는 내게 말씀하셨다.

"네 엄마에게는 아무 말 하지 말고 이 물을 마시게 해. 이걸 마시면 엄마 허리가 나을 거야."

그 당시만 해도 시골마을은 대부분 재래식 화장실이었는데, 똥과 오줌이 차곡차곡 쌓이면 지푸라기로 덮어 놓곤 했다. 그러면 지푸라기 위로 뜨는 물이 꼭 맑간 정종 같았다. 최씨 할머니가 소주병에 담아 온 맑간 물이 바로 그 물이었다.

나는 시키는 대로 아무 말 없이 엄마에게 그 물을 마시게 했는데, 정말 거짓말처럼 일주일 만에 엄마의 허리가 괜찮아졌다. 지금 생각하면 말도 안 되는 일이지만 그때는 참으로 신기하고 또 신기한 일이었다.

허리가 나은 엄마는 그때부터 낮밤도 없이 하루 24시간 중 거의 20시간씩 일을 하셨다. 우리 5남매도 엄마를 따라 열심히 일했다. 가마니를 짜거나 새끼를 꼬고, 소여물을 삶거나 돼지 우리를 청소했다.

누구 한 사람 꾀부리지 않고 서로서로 도와서였을까. 아이들이 하기에는 다소 벅찬 일들이었는데도 그다지 힘들지 않았다. 그때는 우리 집뿐 아니라 대부분의 시골 아이들은 그런 일을 하는 것을 당연히 생각했다. 그만큼 가난한 집이 많았기 때문이다.

온 집안 식구가 열심히 일하다 보니 집안 형편도 조금씩 나아졌다. 그 덕분에 엄마가 하숙을 칠 수 있게 되었다. 근처의 삼선초등학교 선생님 두 분이 우리 집 하숙생이었다.

그런데 엄마가 저녁시간 때는 담배 밭에 가서 일하느라 늦어지기 일쑤여서, 제시간에 저녁밥을 해 드리지 못하는 일이 생겼다. 나는 그게 어찌나 마음이 쓰였던지, 퇴근해서 돌아오신 선생님들께 너무너무 죄송했다.

그럴 때마다 매번 엄마를 부르러 갈 수도 없어서, 내가 막둥이를 등에 업은 채 선생님들 밥을 해 드리기 시작했다. 아직 초등학생인 아이가 동생까지 둘러업고 이리 뛰고 저리 뛰며 저녁밥을 짓는 모습이 가련했는지, 선생님들은 내가 차려 드린 밥을 너무 맛있게 드셨다.

선생님들이 맛있게 드시니 더 신이 나서 이 반찬 저 반찬 더

해 드렸던 기억이 난다. 나는 다행히 엄마를 담아 손끝이 야무졌다.

집이 가난하다고 해서 힘들었던 기억만 남은 것은 아니다.
가난 속에서도 해맑게 웃던 동생들의 웃음소리가 들려오고, 자식들을 위해 종일 밭에서 일하시던 부모님의 갈라진 손끝에 눈물이 핑 돌던 그 시절의 내가 보인다. 그런 상황에서 맏딸이라는 책임감은 나에게는 너무나 당연하고 자연스러운 것이었다.

가난을 원망해 봤자 아무 소용없다는 것을 나는 일찌감치 깨달은 것이다.

세상이 너무 불공평한 것 아니냐고 불평해 봤자 현실은 바뀌지 않는다는 것을 어린 나이에 이미 체득해 버린 것이다.

그러나 다행스럽게도 시간만큼은 누구에게나 공평하게 흘러갔다. 부자 편도 아니고 가난한 사람 편도 아니었다. 누구에게나 똑같이 흘러갔다. 관건은 그 시간을 누가, 얼마큼, 더 알뜰히 쓰느냐 하는 것이었다.

그런 점에서는 가슴을 당당하게 내밀 수 있다. 나는 어릴 때부터 동생들 돌보랴, 학교 공부 하랴, 집안 일 하랴, 하루가 다 짧게 느껴질 정도였으니까.

그리고 이제는 가난했던 유년시절이 오히려 나를 한 단계 더 성장시키고 발전시키는 값진 시간이었음을 깨닫는다.

마치 바람이 심한 곳에서 자라는 나무들이 땅 속에 깊이 뿌리를 내리듯이.

또 한 가지, 추억의 버튼을 누르며 그 시절의 내 머리를 쓰다듬어 주고 싶은 것은 내가 무척 긍정적인 아이였다는 점이다.

집안 형편이 갑자기 안 좋아졌어도 나는 크게 주눅 들지 않았다. 지금 당장은 어려워도 내게는 사랑하는 가족들이 있었고, 우리 식구들이 힘을 합쳐 노력한다면 왠지 다 잘 될 거라는 막연하면서도 분명한 믿음이 있었다.

세상에 절대적으로 좋고 나쁜 것은 없다는 셰익스피어의 말처럼, 시련 속에서도 흔들릴지언정 굴복하지 않겠다는 의지만 있다면. 자기 스스로 행복해지려고 마음먹은 만큼 행복해질 수 있으리라.

행복과 불행을 결정하는 것은 외부 환경이 아니라 그 환경을 어떻게 바라볼 것인가에 대한 자신의 선택에 달려 있기 때문이다.

불행 속에서도 희망을 꿈꾸는 일은 얼마나 멋진 일인가!
남들이 다 포기할 때에도 '나라면 할 수 있어!'라고 마음을 다지며 다시 도전하는 것처럼 멋진 일이 또 있을까!
지금 돌이켜 보아도 내가 그 시절 가장 잘한 일은 어떠한 상황 속에서도 희망을 포기하지 않은 일이었다.

가난도 이기지 못한
간절함

내가 초등학생이었던 시절에는 시골마다 동네를 돌아다니는 옷 보따리 아줌마가 있었다. 각 집의 형편에 맞게 콩이나 쌀을 받고 그 대신 옷을 주는 아줌마였다. 하루는 그 아줌마가 우리 집에 와 있었다. 초등학교 졸업을 눈앞에 두고 있을 때였다.

우리 집은 아직 가난했고 형제도 많았기 때문에 맏딸인 내가 중학교에 진학하는 것이 쉽지 않았다. 하긴 그 시절엔 우리 집 뿐만이 아니었다. 도심도 아닌 산골마을이었고 남존여비 사상이 남아 있을 때라 여자아이가 진학하는 일 자체가 드물었다.

우리 집에 와 있던 아주머니는 단순히 옷 보따리상이 아니었다. 나를 데리러 온 것이었다. 아줌마가 서울에서 세 들어 살고 있는 집이 마침 선생님 댁인데, 선생님도 좋으시고 먹는 것도 부족함이 없을 테니, 그곳에 가서 집안일을 도우라는 것이었다.

　엄마는 이 아줌마를 쫓아가면 내가 끼니 걱정 없이 부잣집에서 행복하게 살 수 있을 것이라고 나를 설득했다. 가난했기 때문이기도 했지만 엄마 입장에서는 맏딸이어서 고생만 하는 내가 안쓰럽기도 했을 것이다.

그러나 나는 절대로 받아들일 수 없었다. 그 길로 뛰쳐나와 한밤중에 한 시간 반이나 걸리는 이모네로 도망쳤다. 엄마 마음은 이해가 갔지만, 이럴 수밖에 없는 현실이 서럽고 또 서러워서 눈물이 멈추지 않았다.

하도 울고불고 난리를 치니 이모도 내가 많이 안쓰러웠나 보다. 이모네 형편도 넉넉한 편이 아니었는데 이모가 육성회비를 줄 테니 그만 울고 그 돈으로 중학교를 가라고 했다. 고맙고 미안하고…… 가슴이 저리고 아팠다.

이때를 떠올리면 지금도 가슴 아픈 일이 한 가지 더 있다.

같은 초등학교를 다니며 친하게 지낸 친구가 있었다. 그림 대회를 나가면 나와 그 친구가 번갈아 상을 타곤 했다. 그 친구는 7남매의 맏딸이었는데 공부도 잘하고 무척 착했다. 나중에 알고 보니 바로 그 친구가 내 대신 옷 보따리 아줌마를 따라가게 된 것이다.

나는 엄마 말을 듣지 않고 내 고집대로 도망을 쳤고, 그 친구는 부모 말에 순종하며 아줌마를 따라갔는데 거기서 운명이 갈렸던 것이다. 아마도 내가 사는 것에 대한 욕심이 더 많았던 것 같다. 아니, 욕심이라기보다 그렇게 살 수는 없다는 간절함이 나를 도망치게 했던 것이리라. 지금도 가끔 박복한 삶을 살아온 그 친구를 볼 때면 가슴이 아프고 너무 미안하다.

어린 시절에 가난 때문에 상처 아닌 상처를 받기도 했지만, 나는 이때마다 생각나는 두 가지 일화가 있다.

한 가난하고 불행한 소년이 있었다. 일찍 아버지를 여읜 그에게 남은 가족은 정신질환을 앓고 있는 어머니와 포도주 통을 수리하는 장애인 삼촌뿐이었다. 게다가 소년은 극심한 영양실조로 폐결핵까지 앓게 돼 정상적인 생활이 불가능했다.

그러나 소년은 성실성과 열정을 소유하고 있었다. 초등학교 담임선생님인 루이 제르맹은 이 소년의 천재적인 문학성을 발견하고 끊임없이 격려해 주었다. 소년은 가난과 질병을 마침내 문학을 향한 열정으로 극복했다. 삶의 아픈 상처를 작품으로 승화시켜 수많은 명작을 남겼고 44세에 노벨문학상을 받았다. 그 소년의 이름은 프랑스 최고의 작가인 알베르 카뮈다.

구세군 118년 역사상 개인으로 최고의 헌금을 내 화제가 된 사람이 있다. 1,120억 원을 기부한 맥도널드 창업주의 부인 조안 크록 여사다. 그녀는 "매년 크리스마스 때면 산타클로스 복장으로 구세군을 위해 모금하던 남편을 대신해 돈을 전한다"고 밝혔다.

그녀의 남편 크록은 원래 종이컵 행상을 했다. 그는 종이컵을 팔아 모은 돈으로 시카고에서 햄버거와 감자튀김 장사를 시작했다. 그는 빵이 가장 맛있게 익는 온도와 고기를 가장 부드럽게 익히는 법 등을 꼼꼼하게 메모했다. 이 연구를 토대로 1955년 맥도날드를 설립해 세계적인 기업으로 성장시켰다. 그때 나이 52세였다. 맥도날드는 현재 자산 가치 3백30조 원으로 114개국에 24,500개의 매장을 두고 햄버거를 팔고 있다.

중년의 고개를 넘어 창업을 한 그의 성공 비결은 무엇일까? 맥도날드의 경영철학은 열정과 경험이라고 한다.

크록은 직원들에게 "사업가에게 가장 필요한 것은 박사학위가 아니라 열정이다. 음식을 직접 만들고 배달한 사람만이 회사의 중역이 될 수 있다"고 늘 말했다고 한다. 능력도 중요하지만 열정이 능력보다 더 중요하다는 것이다.

그렇다. 이 두 가지 일화에서 알 수 있듯이 양질의 옥도 갈지 않으면 명품이 될 수 없고, 노련한 어부는 풍랑이 일 때 실력을 더 발휘한다. 가난은 나를 힘들게는 할지언정 나를 무릎 꿇게는 할 수 없는 것이다.

그러므로 내가 되새겨야 할 것은 단순히 어린 시절의 가난이 아닌, 꿈을 향한 간절함 즉 열정이다. 그리고 열악한 환경 속에서도 고개 젓지 않고 당당하게 가슴을 펴고 앞으로 나아갈 줄 아는 용기다.

유년시절의 가난이 떠오를 때마다 그래서 나는 스스로에게 한 번 더 약속한다.

어떤 상황에서도 희망을 놓지 않기를.
불가능해 보여도 가능을 향해 더 애써 보기를.
고난 속에서도 행복했던 순간들을 절대로 잊지 말기를.

그리고 꼭 기억하기를.
먼발치에서라도 어두운 골목길에 조금이라도 빛이 될까, 나를 위해 가로등을 켜 둔 사람들이 있음을. 그들의 도움이 있었기에 오늘날의 내가 있음을.

선택의 여지가 없을 때는
용감하게 맞서라

"운명은 용기 있는 사람에게 약하다"라는 말이 있다.

누구나 자신의 운명을 스스로 만들어 간다. 운명이란 외부에서 오는 것 같지만, 찬찬히 살펴보면 자신의 약한 마음, 게으른 마음, 성급한 버릇 등이 결국 스스로의 운명을 결정짓는 것이다.

나는 좋은 운명을 여는 첫 번째 열쇠로 용기를 꼽는다.

거기에 어진 마음, 부지런한 습관, 남을 도와주는 마음 등이 더해진다면 금상첨화일 것이다. 용기 있는 사람 앞에서는 약하고 비겁한 사람 앞에서는 강한 것이 운명이기 때문이다.

그러므로 선택의 여지가 없을 때 용감하게 맞서는 것이야말로 스스로의 운명을 개척해 나가는 일등공신이다.

　한 피아노 연주가가 있었다. 그의 연주를 들은 사람이면 누구나 뛰어난 그의 연주력에 감탄하곤 했다. 하루는 영부인이 그의 연주회에 와서 연주를 듣고 찬사를 보냈다.

　"당신은 정말 천재군요. 당신처럼 연주할 수만 있다면 나는 일생을 바치겠어요."

　그 연주가가 진지하게 대답했다.

　"아닙니다. 나는 천재가 아니라 끊임없이 연습에 몰두한 사람일 뿐입니다. 나는 실제로 연주에 내 일생을 바쳤습니다."

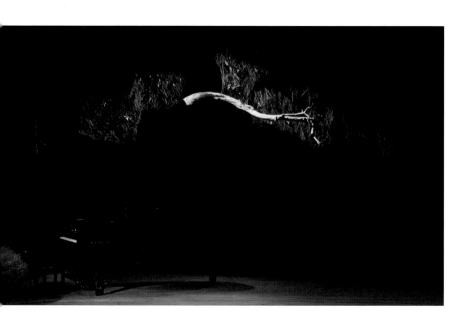

가난한 농부의 아들로 태어나 국내 최고 재벌 자리에 올랐던 고 정주영 현대 회장도 성공비결에 대해 묻는 말에 다음과 같은 대답을 했다.

　"저는 모든 일을 할 때 목숨을 걸고 했습니다."

　80년대 일본 바둑계에서 '대삼관'을 차지한 조치훈 기사 역시 늘 목숨을 두고 대국에 임한다고 했다. 무슨 일이든 목숨 걸고 하는 사람에게는 못 당하는 법이다.

　용감하게 맞서라는 말은 최선을 다하라는 말과도 같다. 무엇에든 최선을 다해야 길이 열린다. 대충대충 하면 열렸던 길도 닫힌다. 최선을 다해 열심히, 아주 열심히, 그것도 즐겁게, 기쁜 마음으로 하면 결과와 상관없이 그 자체만으로 이미 성공의 길에 올라선 셈이리라.

　또한 용기는 긍정의 또 다른 이름이기도 하다.

　'나는 할 수 없어. 잘 안 될 거야…'보다는 '나는 할 수 있어! 잘 해낼 거야!'라고 마음먹는 사람이 훨씬 행복하다. 불가능성 대신 가능성에 더 마음을 두고 자신이 할 수 있는 최선을 다하면, 당연히 부정적인 사람보다 긍정적인 사람이 더 앞서갈 수밖에 없는 것이다.

  그러나 살다보면 어찌 긍정적이기만 하랴. 어찌 용기가 샘
솟기만 하랴.

  작은 것에도 상처입고 한없이 작아질 때도 있고 외로움의 덫
에 빠지기도 한다.

  그렇게 이 세상에서 혼자인 것 같고, 세상이 내 편이 아닌 것
같다는 생각이 들 때, 나는 그럴 때마다 국어사전을 펼친다. 내

가 '진심'이란 단어가 네 가지 한자어로 쓰이는 걸 알게 된 것도
이 덕분이다.

眞心 – 참된 마음. 참마음
塵心 – 속세의 일에 더렵혀진 마음. 名利를 탐하는 마음
盡心 – 마음을 다 씀. 정성을 다 기울임.
嗔心 – 왈칵 성내는 마음

내가 제일 좋아하는 진심은 세 번째 盡心이다.
마음을 다한다는 것. 정성을 기울인다는 것. 누구에게든 어
떤 일에든 盡心을 건넨다는 것. 난 그것의 힘을 믿는다.
상대가 아닌 자신이 할 수 있는 '얼마만큼'이나 마음을 다했
느냐, 이것이 가장 중요한 것이다. 세상에게든 사람에게든 말
이다.

독일 나치의 공포 아래에서 두 랍비가 유대인의 정신적 힘이
되기 위해 갖은 노력을 다했다. 그들은 일 년 동안 두려움에 떨
면서, 비밀경찰의 눈을 피해 여러 유대인 공동체에서 종교 의
식을 행했다. 그러다 그만 두 랍비는 체포되고 말았다.
한 랍비는 앞으로 닥칠 일을 두려워하며 기도를 멈추지 않았
으나, 다른 랍비는 하루 종일 누워 잠만 잤다.

두려움에 사로잡힌 랍비가 물었다.

"어찌 잠만 자는 것이오? 당신은 두렵지도 않소? 도대체 우리에게 앞으로 무슨 일이 닥칠지 모른단 말이오?"

그러자 다른 랍비가 대답했다.

"우리가 체포되기 전까지는 나도 두려웠소. 그런데 지금은 이렇게 잡힌 몸이 되었으니, 두려워해 봤자 무슨 소용이겠소? 두려움에 떨던 시간은 지났소. 지금은 용기를 내어 운명과 맞설 시간이오."

내가 할 수 있는 최선을 다한 후에도 선택의 여지가 없을 때 그때 필요한 것이 바로 용기리라.

용기는 나무와 같아서 때 맞춰 물을 주고 때 맞춰 벌레를 잡아주면 나도 모르는 새 무럭무럭 자라난다.

만약 지금 이 시간 외로움이나 절망에 빠져 허우적거리는 사람들이 있다면 그들에게 꼭 말해 주고 싶다.

'이제 다 끝이다'라는 생각이 드는 바로 그 순간, 꼭! 한 번씩만! 더! 힘을 내 보라고.

스스로 포기하지 않는 한 아무것도 끝나는 것은 없음을 잊지 말라고. 그것이 당신의 삶을 일으켜 세울 수 있는 진정한 용기인 것이라고.

스스로를 믿는 것이
꿈을 향한 첫걸음이다

살다 보면 고만고만한 눈높이와 생각에서 벗어나지 못할 때
가 많다. 자신이 쳐놓은 그물에 발목을 잡히는 것이다.

막다른 길에 다다르면 길이 잘 보이지 않지만, 어쩌면 스스
로 보려고도 하지 않았다는 생각이 든다.

쾅 하고 부딪치기 전에 얼른 다른 살길을 찾아야 할 텐데. 이
런저런 욕심에 겹겹이 싸여 있으면 삶이 피곤해진다.

스스로 갇히지 않기 위해 할 수 있는 일은 여러 가지지만, 뭐
니 뭐니 해도 그중 으뜸은 여행이라고 생각한다.

아주 가끔이지만 나는 몸과 마음을 낮추고, 눈이 아닌 마음
을 뜨기 위해 집을 나선다. 낯선 거리 어디쯤에서 삶의 엉킨 그

물을 풀어 줄 실마리를 찾을 수 있을 것 같아서다.

달리는 차 안에서 바라보는 차창 밖 풍경은 평화롭기 그지
없다.

그러나 안에서 밖을 바라보는 것과 밖에서 안을 바라보는 것
에는 많은 차이가 있을 터. 늘 그것의 차이를 인정하지 않는 것
에서부터 오해가 생긴다. 오해를 이해로 바꾸기 위해 제일 필
요한 것은 서로에 대한 배려이리라.

낯선 여행지에서 길게 숨을 고르고 점점 사위어 가는 하늘을 바라본다.

그리 먼 길은 아니었던 것 같은데 나 혼자만 한참을 돌아온 것 같아 억울했던 마음이 조금씩 어둠 속에 녹아든다.

꼬불꼬불한 길이어도 한 발짝 떼어놓을 때마다 자신만의 길이 된다는 것을 왜 좀 더 일찍 깨닫지 못했을까.

자신에겐 관대하고 타인에겐 편협하면서 왜 내내 불평거리만 입에 달고 살았을까.

하나를 더 가지려고 손을 내밀면 쥐고 있던 하나까지 떨어져 나갈 수 있다는 걸 왜 미처 몰랐을까.

집을 떠나서 보내는 낯선 곳에서의 하룻밤이 내게 속삭인다.

마음 중에서도 가장 고약한 것이 욕심이라는 것을.

헛된 욕심을 버리고 스스로를 믿는 것에서부터 꿈을 향한 첫 걸음을 뗄 수 있음을.

인터넷을 서치하다가 우연히 보게 된 욕심에 관한 4가지 명언(욕심 버리기 위한 마음자세)이 마음에 닿았다.

1. 만족이라는 것은 애초에 존재하지 않는다.

우리는 스스로 통제할 수 있을 것이라고 착각한다. 마치 술한 잔만 먹고 술을 안 먹는다고 말하는 것과 같다. 영화에서 도둑들이 이렇게 말한다. "이번이 마지막이야." 그러면서 잡힐 때까지 도둑질을 하게 된다. 그래서 멈추지 못한다. 결국 내 차가 내 몸을 밟기 전까지는 끝까지 질주한다.

2. 욕심은 기존에 가지고 있는 것마저 앗아간다.

욕심을 부리는 이유는 지금 가지고 있는 것에 만족하지 않기 때문이다. 그래서 더 빨리 더 쉽게 더 많은 것을 얻기 원한다. 그럴 때 적법한 방법이 아닌 편법을 쓰게 된다. 이 잘못된 행위는 결국 세상으로부터 적발되면서 벌을 받게 된다. 기존의 것을 다 잃거나, 내 삶을 잃어버리거나, 소중한 사람을 잃게 된다. 결혼한 남자가 바람을 피다가 걸려서 조강지처와 자식마저 잃어버리는 것처럼 말이다.

3. 욕심은 무조건 실패한다.

욕심을 부려서 성공한 사람을 본 적이 없다. 물론 그 사람이 당장은 떵떵거리고 화려해 보이겠지만, 시간이 지나면서 결국 망가져 감을 보게 된다. 스스로도 욕심 부려서 얻은 것이 한 개도 없다. 뼈저린 후회와 반성이라면 모를까. 왜 그럴까? 욕심을 부리는 순간 두 눈은 사악해지며 시야가 좁아진다. 귀는 감언이설에 쉽게 당하며 사기꾼의 소리에 귀를 기울이게 된다. 코는 더럽고 추악한 사람들의 냄새에 이끌리게 된다. 몸은 돼지처럼 헐떡이듯 항상 불안하고 긴장되어 있다.

4, 몸과 마음이 병들어 갈 것이다.

설령 욕심으로 인해서 많은 물질을 얻을지도 모른다. 물론 언젠가는 그것마저 자신을 떠나가 버릴 것이다. 욕심으로 인해서 당신은 가장 소중한 친구 두 명을 잃게 된다. 청정하고 건강한 마음! 이완되고 편안한 몸! 아무리 많은 돈을 지녔더라도 그 돈으로 더럽혀진 당신의 마음을 씻을 수가 없다. 아무리 많은 돈을 지녔더라도 그 돈으로 이미 망가진 당신의 몸을 되돌릴 수 없다.

욕심은 결국 우리에게 후회라는 마지막 친구를 선물한다.

인간은 누구나 실수한다. 나 역시도 여전히 같은 실수를 반복하며 살아간다.

다만 멈춰 있는 무거운 수레바퀴를 조금씩 힘을 내서 밀듯이 조금씩 노력해서 나의 피와 땀으로 욕심 부리지 않고 살아가야 한다. 버리기가 필요한 이유다.

시간이 서서히 지나면 수레바퀴가 조금씩 빨리 굴러갈 것이다. 남의 것을 빼앗으려고 애쓰는 대신 나의 피와 땀으로 얻으려 하고, 적법한 방법을 통해서 열정을 다해서 노력하고, 그것을 나와 주변사람과 함께 나누려고 한다면, 욕심 부리지 않아도 충분히 많은 것을 얻을 것이고 누릴 것이라 생각한다.

인간이 할 수 있는 일이라면 무엇이나 할 수 있다는 마음만 갖는다면 설사 어떤 고난에 처한다 해도 언젠가는 반드시 목표를 달성할 수 있다.
이것과 반대로 아주 단순한 일일지라도 자기에게는 무리라고 생각한다면 기껏 두더지가 쌓아 올린 흙더미에 지나지 않는 일도 태산처럼 보인다.

— 에밀 쿠에

욕심을 버리고 스스로를 믿는 것, 스스로에 대한 신념이 있으면 스스로를 믿기에 불가능하게 보이는 것들에도 도전하게 되어 성장할 수 있게 된다. 자신감이 부족한 사람들은 안전지대에 빠져 새로운 모험을 하지 못한다.

스스로에 대한 신념을 갖는 것은 새로운 일에 도전하고, 모험을 찾아 떠나는 데에 필수적이다. 만약 새로운 것을 탐험하려는 용기가 없다면 내 안에 들어 있는 잠재력을 최대치로 끌어내지 못할 것이다.

스스로에 대한 신념을 갖는 것은 사람이 본인에게 할 수 있는 최고의 행동이다. 나부터 나를 믿지 않는다면 아무도 나를 믿지 않을 것이기 때문이다.

쉼 없이 두드리라,
그러면 열릴 것이다

강력한 꿈에는 힘이 있다고 한다.

심리학에는 한 가지 법칙이 있는데, 이루고 싶은 모습을 마음속에 그린 다음 충분한 시간 동안 그 그림이 사라지지 않게 간직하고 있으면, 반드시 그대로 실현된다는 것이다. 나도 예외가 아니었다.

이모 덕분에 중학교에 갈 수 있었지만, 막상 중학생이 되어서도 공부를 제대로 할 수 없었다. 공부를 하기 싫어서가 아니라 공부할 시간이 없었던 것이다. 일을 나간 엄마 대신 밤 12시까지 집안일을 하다 잠들기 일쑤였다.

하루는 엄마가 나간 날 호롱불을 켜고 몰래 공부를 하다가

불을 내기도 했었는데, 그만큼 공부가 하고 싶어서였다. 당시 나의 꿈은 마음 편히 공부 한번 해 보는 것이었다.

고등학교에 가기 위해서도 나는 고군분투해야 했다. 먹고살기에도 빠듯했던 시절이라 한 반에 반수 이상이 진학을 하지 못했다.

고등학교 예비소집일에 나를 포함하여 진학하지 못한 중학교 졸업을 앞둔 아이들이 교실 책상에 엎드려 엉엉 울던 광경이 지금도 눈에 선하다.

그러나 가난이 내 꿈을 방해할 수는 있을지언정 포기하게 할 순 없었다. 나는 이번에도 포기하지 않았다.

친구 동네언니가 천안에 있는 공장에서 돈을 벌면서 야간고 등학교를 다닌다는 얘기를 듣고, 그 길로 무작정 의기투합한 친구들과 함께 천안으로 향한 것이다. 그렇게 한 방에 7명이 우글우글 모여 사는 객지생활이 시작되었다.

공부를 향한 간절한 생각이 나를 행동으로 이끌었고, 이깟 고난쯤 내 노력으로 얼마든지 극복할 수 있다고 스스로에게 최면을 걸었던 나날이었다. 쉼 없이 두드리면 언젠가는 닫혀 있는 문도 열릴 것이라고 믿고 또 믿었던.

돌이켜 생각해 보면 그 지난했던 나날을 한창 감수성이 예민했던 그때 어떻게 견뎌 냈나 싶다. 아마도 이대로 포기할 순 없다는 오기와 독기로 똘똘 뭉쳐 있었던 것이겠지.

더욱이 내게는 지켜 내야 할 동생들이 있었다. 맏이로서의 책임감은 내 숙명과도 같은 것이다. 갑자기 머리가 확 깨면서 동생들을 이대로 두어서는 안 될 것 같아, 바로 밑의 남동생과 여동생을 천안으로 불러들여 공부를 시켰다.

방을 하나 얻어 동생들과 살면서 죽을 뻔한 고비도 넘겼다.

연탄가스를 먹어서 병원에 실려 가기도 했으니, 참 녹록하지 않은 현실이었다. 동생들 몰래 울기도 참 많이 울었다.

아무리 착실하게 노력해도 현실은 쉽사리 바뀔 것 같지 않았고 그럴수록 앞날에 대한 불안감은 커져 갔다.

그래도 이대로 주저앉을 수 없다는 일념으로, 나는 내 앞에서 굳건하게 닫혀 있던 문들을 두드리기 시작했다. 지성이면 감천이라고, 그중 하나쯤은 열리리라 믿으면서 말이다.

간혹 마음이 약해질 때마다 읊조리던 시 한 편이 내게는 든든한 버팀목이 되었다.

<멈추지 마라>
— 양광모

비가 와도
가야 할 곳이 있는
새는 하늘을 날고

눈이 쌓여도
가야 할 곳이 있는
사슴은 산을 오른다

길이 멀어도
가야 할 곳이 있는
달팽이는 걸음을 멈추지 않고

길이 막혀도
가야 할 곳이 있는
연어는 물결을 거슬러 오른다

인생이란 작은 배

그대 가야 할 곳이 있다면

태풍 불어도 거친 바다로 나아가라

아닌 길을 구태여 비바람 헤치고 앞으로 나아갈 필요는 없지만, 현재 가고 있는 길이 바른 길이라면 어떤 고난이 닥쳐와도 가던 길을 멈추어서는 안 된다고 나는 지금도 생각한다.

아무리 느린 달팽이라 해도 오랜 시간 끊임없이 움직여서 결국 목표에 도달할 수 있다. 연어 또한 거친 물살이 앞을 가로막고 장애물이 있어도 거침없이 물살을 가르며 장애물을 뛰어오르지 않는가.

힘들고 지칠 때는 잠시 쉬어 가도 좋다. 그러나 너무 오래 쉬어 버린다면 꿈에 대한 원동력은 힘을 잃어버리게 된다. 힘들 때 쉬면서 다시금 뛰어오를 수 있도록 에너지를 모아야 한다. 우리가 바라는 꿈은 결국 내가 선택하고 내 자신의 의지로 이루는 것이다.

고생하는 부모님과 나만 의지하는 동생들을 위해서라도 나는 멈출 수가 없었다.

내게는 가야 할 곳이 있었고, 꿈이 있었다. 가난이 종착지가 아닌 경유지임을 스스로에게 증명하고 싶었다. 앞으로 내가 걸어가야 할 길에 화창한 날보다 궂은 날이 더 많다 해도 머뭇거릴 수 없었다. 스스로를 믿으며 앞으로, 앞으로 나아가야 했다.

인내할 수 있는 사람은
무엇이든 손에 넣을 수 있다

둘러보면 모든 것이 분주하다. 날은 끊임없이 바뀌고 세상은 정신없이 달려간다.

멈춰 있는 것이 없다.

무력감은 남아 있는 자들의, 편협함은 앞장서서 떠나는 자들의 공통점이다.

젊은 날에는 언제든 떠나고 싶었다. 꼼짝하지 않으면서도 언제든 떠날 수 있을 줄 알았다.

붙잡고 있는 것이 든든해서도 아니요 허술해서도 아니었다. 시간이 흐를수록 어디든 뿌리를 내려야 한다는 초조함이나 비겁함 때문도 아니었다.

그저 삶이 움직이고 있는 한 붙박여 사는 것보다는 흐르며 사는 것이 자연스레 느껴졌기 때문이다.

그러나 나무를 사랑하게 되면서 한 자리에 붙박여 있으면서도 자연스럽게 흐르며 살 수 있는 지혜를 배웠다. 나무들을 보라. 멈춰 있는 듯 보여도 쉼 없이 움직인다. 한 자리에서도 하늘과 바람과 햇빛을 맘껏 품고 있는 저 나무의 푸르름과 뚝심!
황폐하고 피폐해도 그곳이 자신의 자리라면 자리 탓이나 하고 있어선 안 됨을, 변명이야말로 자신을 좀먹는 가장 손쉬운 방법임을 나무들을 통해 깨닫는다.

바람 맞고 비에 젖고 햇빛에 그을려도 그 모든 것을 자신의 양분으로 만들 줄 아는,
누군가의 손길이 없어도 때맞춰 싹 틔우고 열매 맺고 꽃 피우고 그늘 드리우는,
아무것도 불평하지 않고 누구와도 비교하지 않으며 무엇도 탓하지 않는,
앙상하면 앙상한 대로 풍성하면 풍성한 대로 한시도 쉬지 않고 황홀한 나이테를 새기는,
가지가 자란 만큼 뿌리도 자라 흐트러짐 없이 세월의 중심을 잡고 있는,

누구도 찾아가지 않는 대신 누구나 찾아오게 만드는,
그렇게 미동도 없이 마음껏 세상을 품고 있는,

저 위대한 나무들의 삶처럼 인내할 수 있는 사람은 무엇이든
손에 넣을 수 있음을 이제야 비로소 깨우친다.

대나무는 씨앗을 심은 후 처음 4년 동안은 하나의 죽순 빼고
는 아무것도 보이지 않는다고 한다. 그 4년 동안 모든 성장은
땅속에서 이루어지는 것이다. 그동안 섬유질의 뿌리 구조가
형성되어 땅속으로 깊고 넓게 퍼져 나가다가, 5년째 되는 해에
25미터 높이로 자란다고 한다.

어디 대나무뿐이랴. 세계의 유명한 걸작들은 긴 세월 동안 정교하게 공들여 완성되었다.

미켈란젤로의 <최후의 심판>은 6년에 걸쳐, <베드로의 순교>는 8년 만에, 세계적 건축가 가우디의 <가우디 대성당>은 1882년에 착공되어 120여 년이 지난 지금도 조금씩 만들어지고 있다. 『토지』의 작가 박경리는 1969년에 집필을 시작해 25년 만인 1994년에 완성했다.

인내에 관해선 벤자민 플랭클린의 이야기도 빼놓을 수 없다. 한 번은 사람들이 그에게 질문을 했다.

"당신은 수많은 장애에도 불구하고 어떻게 포기하지 않고 한 가지 일에만 전념할 수 있었습니까?"

그러자 프랭클린은 좋은 일을 하면서도 절망에 빠진 모든 사람들이 가슴속에 새겨야만 할 다음과 같은 말을 했다.

"여러분, 여러분들은 일하는 석공을 자세히 관찰해 본 적이 있습니까? 석공은 아마 똑같은 자리를 백 번 정도 두드릴 것입니다. 갈라질 징조가 보이지 않더라도 말입니다. 하지만 백 한 번째 망치로 내리치면 돌은 갑자기 두 조각으로 갈라지고 맙니다. 이처럼 돌을 두 조각으로 낼 수 있었던 것은 한 번의 두들김 때문이 아니라, 바로 그 마지막 한 번이 있기 전까지 내리쳤던 백 번의 망치질이 있었기 때문인 것입니다."

도끼와 톱과 망치가 서로 힘자랑을 하는 이야기도 재미있다. 이들은 아주 단단한 쇳덩이를 부수는 쪽에 '맏형'의 지위를 주기로 했다.

먼저 도끼가 나섰다. 도끼는 날을 세워 쇳덩이를 내리쳤다. 그러나 도끼날만 무디어질 뿐 쇳덩이는 전혀 손상을 입지 않았다.

이번에는 톱이 나섰다. 톱은 쇠의 표면에 날을 대고 열심히 반복 운동을 했다. 그러나 톱의 날이 모두 뭉그러지고 말았다.

"너희는 안 돼" 하면서 망치가 의기양양하게 나섰다. 망치는 있는 힘을 다해 쇳덩이에 부딪혔다.

작고 약한 불꽃이 이 광경을 지켜보고 있다가 말했다.

"내가 한번 해볼까?"

모두 큰 소리로 웃었다.

"우리처럼 강한 자들이 못한 일을 작고 연약한 네가 어떻게 한다고?"

그런데 바로 그 순간 불꽃은 쇳덩이를 끌어안고 타오르기 시작했다. 쇳덩이에서 떨어질 줄 모르고 끈질기게 달라붙었다. 한참 시간이 지나자 쇳물이 녹아내리기 시작했다.

또 물이 나올 때까지 우물을 잘 파기로 소문이 난 한 업자의 이야기는 내게 많은 것을 깨닫게 한다.

그는 다른 사람들이 우물 파는 것을 포기한 곳에서도 곧잘 우물을 파냈다. 사람들은 그의 능력을 신기하게 여겼다. 하루는 어떤 사람이 그에게 물었다.

"당신은 어쩌면 그렇게 우물을 잘 팝니까?"

그러자 그는 이렇게 대답했다.

"나는 우물을 파는 데 실패한 경우가 없습니다. 그래서 다른 사람이 실패한 곳에 곧잘 불려 다니지요. 내가 우물을 잘 파는 비결은 딱 하나입니다. 다른 사람은 물이 나올 곳을 골라서 파다가 안 나오면 포기하지만, 나는 아무 곳이라도 물이 나올 때까지 팝니다."

낙수가 바위를 뚫는다고 했다. 인내와 끈기는 역경의 쇳덩이를 녹이는 가장 강력한 힘인 것이다. 인내하는 사람들은 다른 사람들이 실패하고, 끝나는 바로 그곳에서 성공하기 시작함을 잊지 말자.

인내와 끈기 그리고 노력, 이 세 가지를 갖추면 나라고 해서 성공에서 예외가 될 순 없으리라. 나는 그렇게 믿고 또 믿었다. 돌 틈에서도 피어나는 저 생명력 강한 한 송이 들꽃처럼.

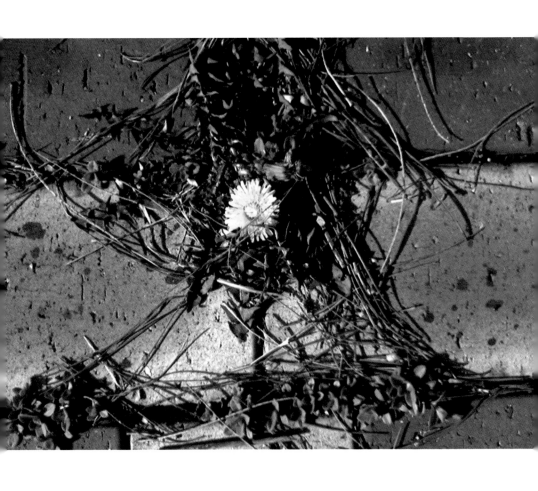

CHAPTER 2
운명 같은 사랑

Immature love says, I love you because I need you,
mature love says, I need you because I love you.
미숙한 사랑은 '당신이 필요해서 당신을 사랑한다'고 하지만,
성숙한 사랑은 '사랑하니까 당신이 필요하다'고 한다.
— Winston Churchill(윈스턴 처칠) —

It's not how much we give,
but how much love we put into giving.
얼마나 많이 주느냐보다, 얼마나 많은 사랑을 담느냐가 중요하다.
— Mother Teresa(테레사 수녀) —

Destiny & Love

'기회'라는
섬

천안에서의 나날은 오직 일의 연속이었다. 가난을 벗어나기 위해 일하고, 일하고, 또 일했다. 너무 한곳만 바라보며 달렸던 것일까. 어느 순간 과부하에 걸린 나를 발견했다.

아무리 열심히 일해도 손에 쥐는 돈이 별로 없었다. 매달 초라한 월급봉투를 확인하게 될 때마다 회사가 싫어지고, 어떻게 하면 돈을 많이 벌 수 있을까 하는 생각에만 몰두했다. 이대로 계속해서는 안 된다는 절박함이 나를 또 다른 세상으로 밀어 넣었다.

그때부터 돈을 조금이라도 더 많이 벌 수 있는 곳을 찾아다녔고 미련 없이 회사를 옮겨 다녔다. 주유소 경리 일이 그 첫 번째였다.

그러나 역시 세상은 만만하지 않았다. 주유소 주인아들이 기름을 빼가는 걸 까맣게 몰랐었기에 경리인 내가 영수증 처리를 잘못한 것으로 옴팍 누명을 쓸 수밖에 없었다.

돈 버는 일에만 열중하는 바람에 정작 세상물정을 알지 못했던 순진함의 대가는 혹독했다. 돈을 더 벌려다가 오히려 돈을 더 잃고, 평생을 일만 해 온 엄마에게 또 하나의 짐을 얹어 준 것이다. 엄마가 나를 대신해 주유소 주인에게 두 무릎을 꿇고 사정사정 두 손 모아 용서를 구하는 모습을 바라볼 때는 너무 분해서 눈물조차 나오지 않았다.

너무 억울하고 분해서 하루라도 빨리 더 좋은 일거리를 찾기 위해 눈에 불을 켜고 다녔다. 그런데 하늘도 무심하시지, 마치 짜고 치는 고스톱처럼 하고자 하는 일마다 뜻대로 되는 일이 없었다.

이때 뼈저리게 깨달았다. 무작정 돈을 쫓아가기만 해서는 안 된다는 것을, 지나친 욕심은 화를 부른다는 것을.

무언가 잘못되었을 때 남 탓을 하게 되면 상대 또한 책임회피에 급급하게 된다. 문제가 해결되기는커녕 감정의 골은 더 깊어지고 결과는 더 나빠진다. 그런데 희한하게도 모든 책임을 나에게 돌리면 차분해지면서 마음의 평화가 찾아온다. 공자도 "소인은 늘 남을 탓하고 군자는 제 잘못을 먼저 생각한다"라고 하지 않았던가.

군자까지는 못 되어도 일단은 내게 닥친 시련을 극복하기 위해 나는 스스로를 내려놓으려고 노력했다. "모든 것이 내 탓이오!"를 외치며, 위기가 기회가 되는 순간까지 내가 할 수 있는 최선을 다하자고 다짐했다.

실명이라는 고난을 딛고 일어서 미국 백악관 국가장애위원회 위원이 된 강영우 박사 또한 당시 하느님이 눈을 고쳐 달라는 기도에 '예스'로 응답하지 않고 '노'로 응답했기에 오늘의 자신이 있다고 말했다. 그는 역경은 고난의 능력을 키워주는데 이는 그런 고통을 경험한 사람만이 갖게 되는 능력이고 결국은 인생승리의 자산이 된다고 설명한다.

인간의 수명을 연구하는 러시아 과학자들이 동물들을 대상으로 오랜 기간 동안 재미있는 실험을 했다.

첫 번째 그룹의 동물들에게는 이상적인 생활환경을 제공했다. 풍성한 음식과 상쾌한 공기와 안락한 환경이 주어졌다. 동물들을 괴롭히는 것은 전혀 없었다. 동물들은 초원을 뛰놀다가 지치면 그대로 나뒹굴었다. 몇 개월 후부터 동물들의 털에서는 윤기가 흐르기 시작했다.

두 번째 그룹에게는 걱정과 기쁨이 공존하는 공간을 제공했다. 동물들은 초원에서 한가롭게 놀다가 가끔 맹수의 습격을 받았다. 먹이를 얻기 위해서는 노력이 필요했으며 항상 긴장의 끈을 놓을 수 없었다.

러시아의 과학자들은 두 집단의 연구결과를 이렇게 발표했다. 안락한 환경에서 살던 동물들이 훨씬 먼저 병들어 죽어 갔다. 약간의 긴장과 노력이 건강과 장수를 보장한다.

사람도 마찬가지다. 땀과 역경이 없는 인생은 무미건조할 뿐이다.

미국의 어느 부둣가에서 있었던 일이다. 어느 날 정기 여객선이 도착해 사람들이 배에서 내리는 도중 그만 한 여자가 발을 헛디뎌 바다에 빠지고 말았다.

사람들은 모두 고함을 치면서 발을 동동 굴렀으나 선원들은 이것을 보고도 가만있었다. 그러자 사람들은 이런 무책임한 선원들이 어디 있느냐며 거세게 비난하기 시작했다. 선원들은 여자가 두 번이나 물속에 떠올랐다 잠겼는데도 여전히 요지부동이었다.

그런데 여자의 힘이 완전히 소진된 것을 알고 난 후에는 한 선원이 비호같이 다이빙을 해서 축 늘어진 여자를 구해서 올라왔다. 그러자 사람들은 왜 처음부터 빨리 구해 주지 않았느냐고 그 선원을 나무랐다. 이에 그 선원은 가쁜 숨을 몰아쉬며 대답했다.

"모르시는 말씀들 하지 마십시오. 사람이 물에 빠져 자기 힘으로 살아 보겠다고 안간힘을 쓸 때는 어느 장사가 구하러 들어간다고 해도 빠진 사람의 힘에 눌려 같이 빠져 죽게 됩니다. 그래서 기다린 것입니다."

내 앞에 놓인 또 하나의 시련은, 어찌 보면 맘껏 뛰어놀아야 할 철없던 아이였을 때부터 가난과 친구였던 나로서는 새삼스러운 일도 아니었다.

위의 일화처럼 역경에 처했을 때 적기適期에 나를 구원해 줄 선원이 있었다면 내 인생길이 조금쯤은 더 순탄했을까?

그럴지도 모르겠지만 그런 역경들이 없었다면 내 안에 불타는 의지도 덜했을 것이고, 지금처럼 단단한 사람이 되어 있지도 못했을 것이다. 그리고 보면 가난이야말로 일찌감치 나의 몸과 마음을 단련시켜 준 최고의 친구였다 해도 과언이 아니다.

나는 그저 가난했기에 부자가 되고 싶었고, 부자가 되고 싶어 열심히 일했다. 그 과정에서 당장은 실패한 것처럼 보여도, 스스로 먼저 백기를 들지 않는 한 최종 결과는 그 누구도 알 수 없는 법이다.

결국 고난과 역경이 실패가 아닌 기회라는 섬이 되게 하는 것은 전적으로 나 자신의 의지 여하에 달려 있음을 한 번 더 실감한다.

내 삶의 터닝 포인트,
사랑

가끔씩 열심히 달려가면서도 목적지를 잃은 느낌이 들 때가 있다. 그럴 때마다 나는 인생에도 표지판이 있었으면 좋겠다는 생각을 한다.

우리네 인생에도 좌회전 금지라든가 일방통행이라든가 일단 멈춤이라든가 제한속도 같은 것들이 선명하게 정해져 있었으면, 이리 우왕좌왕하지 않아도 될 테니.

지시대로 잘 따르기만 하면 '행복'이라는 목적지에 안전하게 도착할 수 있는 그런 표지판.

끼어들거나 신호를 위반해 더 빨리 갈 수 있는 요령이, 부정이 아닌 긍정으로 치부되는 현실과는 좀 다른 그런 표지판.

　적어도 인생에 세워진 표지판이라면 지키는 자에겐 상을, 무시하는 자에겐 벌을 줘야 마땅하지 않은가.

　열아홉 살의 나는 목적지를 잃은 채 잠시 부유하고 있었다. 그런 내게 정말 거짓말처럼 내 인생의 표지판이 되어 줄 남자가 '짜~짠' 하고 나타났다. 말 그대로 진국인 사람이었다.

　진국, 거짓이 없이 참된 것. 또는 그런 사람. 나는 진국이란 단어를 무척 좋아한다. 이리 보고 저리 보아도 진국인 사람과 만나게 되었으니 내 인생이 전과는 180도로 바뀔 수밖에.

그와 연애를 시작하면서 온통 핑크빛으로 물든 나의 세상은 나를 한 걸음 더 넓은 세계로 나아가게 했다.

내 인생의 표지판, 내 삶의 터닝 포인트, 남편과의 사랑이 그렇게 시작되었다.

가난에 치인 나는 그때까지만 해도 "무슨 일이 있어도 난 부자한테 시집 갈 거야" 하는 말을 입에 달고 살았다. 그런 나를, 그렇게 지극히 현실적이고 메말라 있던 내 마음을, 남편은 통기타를 치며 노래로 달래 주곤 했다.

통기타 선율을 타고 들려오는 그의 감미로운 노래는 메마른 내 가슴에 따스한 사랑의 씨앗을 심어 주었고, 그렇게 단단하게 걸어 두었던 내 마음의 빗장을 풀어 주었다. 어떤 약보다도 특효인 만병통치약, 사랑이었다. 그는 사람과 세상을 바라보는 삐딱한 내 시선을 송두리째 바꿔준 정말 고마운 사람이었음을 고백한다.

그는 1년 365일 중 부득이하게 어딘가 가야 할 때를 빼놓고는, 비가 오나 눈이 오나 거의 매일같이 내 자취방에 들러서 내가 잘 있는지 확인하고 자기 집으로 돌아가곤 했다. 매일 저녁 내 자취방의 허름한 쪽문을 향해 저벅저벅 걸어오는 그의 발자국 소리는 늘 나를 설레게 했다. 오죽하면 옆방에 살던 사촌언

니들이 그가 오지 않는 날에는 오늘은 왜 안 오냐고 나보다 더 궁금해할 정도였다.

내가 바라던 백마 탄 왕자님은 아니었지만 그는 누구보다 곧고 우직한 사람이었다. 내가 좋아하는 나무와 같은 사람이었다. 백마 탄 왕자보다 백 배 천 배 더 성실하고 다정했다. 그를 만난 것은 내게 있어 행운을 넘어 축복이었다.

지금 돌이켜보아도 남편과의 사랑은 너무 투명하고 너무 맑았다. 그래서 아직까지도 묵직한 감동을 준다. 우리는 그 시절에 맞게 포도 과수원에서 데이트를 자주 했다. 음악을 좋아해서 통기타를 늘 메고 다녔던 남편은 그곳에서 내게 사랑의 세레나데를 맘껏 불러주었다. 그의 감미로운 보이스에 내 마음도 솜사탕처럼 녹아내리곤 했다.

그에 대한 믿음과 사랑은 그가 군대에 갔을 때에도 변함이 없었다. 입대해서 제대할 때까지 나는 일주일에 한 번씩 거의 매주 면회를 갔다. 그렇게라도 그를 보지 않으면 그의 빈자리가 너무 크게 느껴져 견딜 수가 없었다. 그때만 해도 면회 한 번 가려면 몇 번씩 버스를 갈아타야 했고 시간도 오래 걸렸다. 그런데도 단 한 번도 힘들다고 느껴지지 않았다. 곧 그를 볼 수 있다는 설렘이 어떠한 고난도 헤쳐 나갈 에너지를 주었다.

　그를 보고 돌아오는 길은 늘 따뜻한 충만감으로 세상이 다 내 것 같았다. 그의 얼굴을 본 것만으로도 충분히 행복했다.

그 시절 그에게 썼으나 쑥스러워서 부치지 못했던 편지 한 통.

가난한 나날을 삽니다.

소중한 이에게조차 내어 줄 것이 없는.

아끼고 살필 무엇이 더 남아 있다고 이리 인색한지 모르겠습

니다.

어두운 밤 달빛 속에서 걸어 나와 홀연히 내걸렸던 사랑이여,

눈멀고 귀먹어 당신의 어깨 위에서 살아갈 수 있다면.

당신의 어깨 위로 하늘빛 구름이 솜처럼 내려앉고 있습니다.

휴지와 물 같은 사랑이 아닌 솜과 잉크 같은 사랑이고 싶습

니다.

제가 솜이면 당신은 잉크.

한 방울씩 천천히 사랑을 떨어뜨려도,

어느새 당신의 빛깔로 물들어 가는 저를 봅니다.

스며든다는 그 촉촉한 느낌이라니.

저는 언제나 당신 곁에 있습니다.

바람 하나,

당신이 편히 쉴 수 있도록 제 그림자가 길어졌으면.

내가 남편으로 인해 느낀 고마움만큼 나도 남편에게 조금이나마 위안과 기쁨을 주는 사람이 되고 싶었다. 그가 세상을 향해 발을 내디딜 때 곁에서 힘을 실어줄 수 있는 그의 영원한 동반자가 되고 싶었다. 그가 내 삶의 터닝 포인트가 되어 준 것처럼 나 또한 그의 인생에 있어 중요한 분기점이 되기를 손 모아 기도했다.

나의 기도가 닿았던 것일까.

우리의 사랑은 처음 만나 사랑에 빠졌을 때부터 쭉 한결같았고 오히려 날이 갈수록 더욱 깊어만 갔다.

그가 제대하자마자 마침내 우리는 결혼에 골인했고, 그로 인해 우리 두 사람의 인생이 사랑으로 가득 채워지기 시작했다. 평생 든든한 내 편을 갖게 되었으니 나는 더 이상 세상에 두려울 것이 없었다.

눈부신
그늘

뜨거운 여름 햇볕이 말이지,

나무 위로 쏟아져 내리면 바람이랑 만나서 뭐가 되는 줄 알아?

눈부신 그늘이 되는 거야.

양지가 있어 그늘이 빛나는 것이고,

그늘을 만들어 줄 나무가 있어 땀을 식힐 수 있는 것이고,

나뭇잎을 스치는 바람이 있어 그 그늘이 더 값진 것이 된다는 얘기지 뭐.

자, 여기 앉아 가만가만 들어 봐.

햇살이 부서져 내리는 소리,

나무가 자라는 소리,

바람이 살랑대는 소리를.

어때, 들리지 않아?

이 여름 합창단의 아름다운 노랫소리가!

그렇게 조금쯤은 삶이 행복해지는 소리가!

내게 눈부신 그늘을 기꺼이 드리워 준 남편이 있었기에, 팍팍한 신혼살림에도 그를 향한 신뢰는 더욱 깊어만 갔다. 정말로 그로 인해 매일매일 삶이 행복해지는 소리가 들려왔다.

남편은 나에게만이 아닌 모든 이들의 그늘이 되어 주는 사람이었다. 자신이 손해 보더라도 남부터 배려해 주었고, 설사 같이 일하던 이들에게 뒤통수를 맞아도 그들을 절대 탓하지 않는 뿌리 깊은 나무 같은 사람이었다.

그런 성품 탓에 잘 다니던 대기업을 나와 자기 사업을 시작한다고 했을 때, 티는 내지 않았어도 속으로는 걱정이 많았다.

달랑 5명으로 초라한 축사에서 시작한 금형회사였지만, 남편의 성실함과 우직함으로 조금씩 조금씩 규모를 키워 갈 수 있었다. 5평이었던 공장은 어느새 250평에서 500평, 1000평이 되어 있었다.

미국의 시사 잡지 타임지에 재밌는 일화가 실린 적이 있다.

한 경찰이 자신의 단골식당에 가서 점심을 먹고 있었다. 그는 식당에 오면서 복권을 한 장 샀다. 거기에 적을 번호를 고민하던 중 주문을 받으러 온 웨이트리스에게 번호를 좀 불러 달라고 했다. 평소에 친분이 있었던 웨이트리스는 자신이 생각나는 대로 번호를 불러 주었다. 경찰은 식사를 마치고 식당을 나가면서 웨이트리스에게 말했다.

"만약 이 복권이 당첨되면 당신에게 절반을 주겠어. 확실히 약속하지."

하지만 복권이 당첨될 확률은 매우 낮았기에 식당에 있던 사람들은 모두 경찰이 농담조로 말했을 것이라고 생각했다. 그런데 정말로 그 경찰이 복권에 당첨되는 영화 같은 일이 벌어졌다. 그리고 그는 자신의 약속대로 식당의 웨이트리스에게 약 70억 원이나 되는 당첨금의 절반을 정확히 주었다.

이 이야기를 들은 사람들은 그런 농담 삼아 한 약속을 지킨 경찰이 바보라고 비웃었다. 그러나 타임지의 칼럼니스트 버나드 레빈은 그런 경찰의 행동을 다음과 같이 평했다.

"그는 우정이 돈보다 소중하다는 것을 알았던 사람입니다. 그는 종업원과의 신뢰를 지켰습니다. 그리고 무엇보다도 소중한 자신이 한 말에 대한 신뢰도 지켜 냈습니다."

약속이 행동으로 지켜지지 않으면 거짓말이 된다. 신뢰 있는 사람이 되기 위해선 신뢰의 말을 해야 하며 이것은 신뢰의 행동으로만 얻을 수가 있다.

남편의 회사가 경제 위기 속에서도 꾸준히 성장할 수 있었던 것 또한 가장 기본적인 것들을 지켜 냈기 때문이다. 지킬 수 있는 약속만 하고, 일단 약속을 하면 어떤 상황에서도 반드시 지켜 냈던 것이다.

그렇다고 어찌 우리 앞에 평탄대로만 있었겠는가?

모든 제조업이 그렇듯이 경기를 많이 탔고, 위기에 처할 때마다 가슴이 타들어 간 것이 한두 번이 아니었다.

그러나 나는 어떤 순간에도 남편을 믿었다. 나와 같이 남편과 거래하는 회사들도 남편을 믿었다. 신뢰라는 최고의 무기가 남편의 사업을 탄탄하게 해 준 비법 아닌 비법인 셈이었다.

신기하게도 위기를 기회로 바꾸는 천부적인 소질을 우리 부부는 타고난 듯했다.

뜻하지 않은 풍랑에 휩쓸려 회사가 흔들리거나 집이 경매로 넘어갈 위기에 처했을 때에도, 남편과 나는 누가 먼저랄 것도 없이 더 열심히 일했다. 남편은 남편대로 하루를 25시처럼 발로 직접 뛰어다녔고, 나는 어떤 일도 가리지 않고 하면서 가계에 보탬이 되고자 노력했다.

그 덕분이었을까. 고 정주영 회장의 유명한 말처럼 우리 부부에게 시련은 있었어도 실패는 없었다.

그리고 무엇보다 우리에게는 든든한 백이 있었다. 바로 시댁과 친정이었다.

남편은 5남 4녀, 9남매의 막내였다. 우애가 돈독한 것은 우리 친정이나 시댁이나 매한가지였다. 시댁의 모든 분들이 우리 부부를 무척 아껴 주셨는데 그중에서도 아버지를 네 살 때 하늘나라로 보낸 남편을 둘째형님 내외분께서 부모님처럼 뒷바라지해 주셔서 지금의 남편을 우뚝 서게 만들어 주셨다. 그리고 셋째누님과 남편의 바로 위 넷째형님께도 특히 감사하다.

셋째누님은 우리가 결혼하여 방 한 칸짜리 신혼살림을 시작했을 때부터 우리 부부를 살뜰히 챙겨 주셨다. 같은 동네인 시흥에서 살고 계셨는데, 남편이 사업을 시작한다고 하니 넉넉하지 않은 형편임에도 불구하고 다섯 식구가 살아가기에도 벅찬 살림에 천만 원 이상의 돈을 덥석 건네 주셨다. 지금 생각해 보면 아무도 할 수 없는 정말 큰일을 해 주신 분이다.

쌍문동에서 건어물 도매상을 하시던 넷째형님은 남편이 달랑 5명의 직원으로 축사에서 사업을 시작하게 되자, 그때부터 일명 어음 와리깡(선이자를 떼고 현금으로 바꿔주는 것)은 절대 안 된다면서 급한 돈을 보태 주시곤 했다.

시댁 식구들 모두 많은 도움을 주셨다. 만약 이분들의 도움이 없었다면 남편의 사업도 순탄치만은 않았을 것이다. 어려웠던 시절에 받은 도움이야말로 평생토록 잊히지 않는 법이다. 이 자리를 빌려 다시 한번 시댁 식구들께 감사의 인사를 전한다.

친정 식구들도 참 고맙다. 5남매 모두 큰 매형 큰 누나라면 무조건적으로 어머니 아버지처럼 생각하며 잘 따라 주었고, 비록 물질적으로는 많은 도움을 못 주었어도 정신적으로는 큰 도움이 돼 주었다.

이렇듯 시댁과 친정의 도움이 원동력이 되어 원진산업이 지금의 중견기업으로 성장할 수 있었던 것이라고 생각한다.

그 사이 보석 같은 딸아이 둘이 태어났다.

남편이 그러했듯이 이제는 내가 딸아이들에게 눈부신 그늘이 되어 줄 차례였다.

혹여 뜨거운 햇빛에 마음과 몸이 데일 때마다 언제나 편히 쉬었다 갈 수 있는 '엄마'라는 눈부신 그늘이.

엄마와
아내의 무게

세상에서 내가 제일 좋아하는 호칭은 '엄마'와 '아내'다.

세상에서 내가 제일 무섭게 느끼는 호칭 또한 '엄마'와 '아내'다.

엄마와 아내라는 호칭 속에 담긴 그 묵직한 무게감과 책임감을 늘 인지하고 있기 때문이다.

아이들에게는 이 세상에서 가장 억척스럽고 가장 힘센 '내편'이고 싶고, 남편에게는 이 세상에서 가장 사랑스럽고 가장 부드러운 '아내표 친구'이고 싶다.

그래서 살아가다 문득문득 쓸쓸함이 온몸으로 쳐들어올 때,

몸이 물 먹은 솜처럼 늘어져 시름시름 앓을 때,

굳세게 믿고 있던 이들에게 뒤통수를 맞을 때,

애를 써도 되지 않는 일들이 있다는 걸 체념으로 인정할 때,

타인과 자신의 삶을 저울질해 상대적 박탈감으로 초라해질 때,

시간은 달리는데 그 뒤를 쫓아가기도 버거워 숨만 몰아쉴 때,

모든 게 귀찮아져 마냥 손 놓고 있을 때,

그럴 때마다 아이들과 남편의 비상구가 되어 주고 싶다.

삶의 숨통이 막히면 가슴 깊은 곳부터 맑은 숨을 내쉬게 해 주고,

힘 부쳐 주저앉아 있으면 어느새 등을 토닥이며 일으켜 주고,

두려움에 눈 감으려 하면 마음 다해 두 손 꼭 잡아 주고,

그림자처럼 늘 같은 편에 서서 다친 마음 쓰다듬어 주고,

길이 안 보여도 포기하지 마라 따스하게 속삭여 주고,

막다른 곳에서도 안전하게 빠져나갈 곳을 알려 주는 아이들과 남편의 비상구.

언제 어디서든 그들을 위해 반짝임을 멈추지 않는 초록 등불 하나.

그러기 위해선 나부터 정신 바짝 차리고 살아야 했다. 그들의 곁을 굳건히 지키려면 내가 먼저 단단해져야 했다.

엄마라는 타이틀에 관해서는 "신은 도처에 있을 수 없기 때문에 어머니를 만들었다."라는 유대격언처럼, 항상 믿고 의지할 수 있는 이라는 본분에 충실하면서 내가 먼저 아이들의 모범이 되어야 하리라.

자신의 모든 것을 다 주어도 아까워하지 않는 것. 모성이란 그런 것이다. 화살은 활이 많이 휠수록 멀리 날아간다. 그래서

어머니는 활과 같고 자식은 화살과 같다고 한다.

멀리 날아간 화살일수록 역으로 그 화살을 날려 보낸 활은 많이 휘었다는 것을 의미한다. 활이 많이 휘어질수록 고통은 심한 것이다. 즉 엄마의 허리가 휘면 휠수록 자식은 그만큼 멀리 전진하게 되는 것이다. 누구 한 사람이 성공을 했다면 그 성공의 이면에는 대부분 그를 위해 희생한 어머니가 있지 않은가.

나 역시 내 두 딸을 위해서라면 기꺼이 휘어지는 활이 되어 줄 것이다.

아내라는 타이틀에 관해서는 "하나님이 최초의 여자를 남자의 머리나 발이 아닌 늑골로 만든 것은 그녀가 언제나 그의 가슴 가까이에 있도록 하게 하기 위해서다"라는 탈무드의 글귀가 떠오른다. 항상 남편 가까이 있는 친구 같은 아내로서 본분에 충실하고 내가 먼저 존경하고 배려하는 반쪽이 되어야 하리라.

78년 9월경 처음 만났을 때 남편은 장발에 블루 바바리 깃을 세우고 웨스턴 부추를 신고 있었다. 가끔씩 나를 처음 만났던 그 시절의 남편을 도화지에 그려 보곤 한다.

간혹 투닥투닥 의견이 안 맞아서 소리를 낼 때도 있는데, 그럴 때마다 그때 그 사람을 그려 보는 시간이 길어지고 있다.

나이가 들어서일까? 서로 이해하려는 맘이 왜 그리도 어려운지……, 아니면 서로 경쟁자라고 생각해서일까? 동갑내기라 더 친구 같아서일까?

남편은 참 너그러운 사람인데 내가 부족해서 혹은 더 많은 것을 이루어 내고 싶은 마음이 크기 때문인지도 모르겠다.

아무튼 남편을 정말 많이 사랑하고 존경하는 것만은 분명한데 뭔지 모르게 속상할 때가 있어 서운하다. 이럴수록 내 모습을 돌이켜 보는 시간이 중요한 것 같다.

얼굴에 미소를 짓고 남편의 뒷모습을 엿보면서 삶을 빛나게 살아가는 그의 모습을 또 한 번 스케치하는 일을 숙제처럼 하고 있다.

어느 동네에 두 집이 이웃에 살고 있었다고 한다. 한 집은 시부모를 모시고 사는 대가족이었고, 다른 한 집은 젊은 부부만 사는 가정이었다. 그런데 이상하게 대가족을 이룬 가정은 항상 화목하여 웃음꽃을 피웠는데, 부부만 사는 가정은 늘 부부 싸움이 잦았다. 젊은 부부는 이웃집의 화목한 모습을 보고 크나큰 의문을 가지지 않을 수 없었다.

'왜 우리는 둘만 사는데도 매일 싸워야 하고, 이웃집은 여럿이 함께 모여 사는데도 저토록 화목한 것일까?'

하루는 젊은 부부가 과일 한 상자를 사 들고 이웃집을 찾아 갔다. 다과를 나누며 그 이유를 물어보았다.

"댁의 가정은 대가족인데도 웃음이 떠날 줄 모르고 우리는 둘이 사는데도 매일 싸움만 하는데, 선생님 댁이 그렇게 화목하게 지내시는 비결이 있으면 말씀해 주세요." 이웃집 주인은 대답했다.

"아. 네! 그것은 당신네 두 분은 모두 훌륭하시고, 우리 가족은 모두 바보들이기 때문이죠!"

그 말을 들은 젊은 부부가 되물었다.

"아니 그 말씀이 무슨 뜻입니까?"

그러자 그 집 주인이 대답했다.

"오늘 아침에 있었던 일입니다. 내가 출근하다가 물을 엎질렀습니다. 그때 나는 내 아내에게 내 부주의로 물을 엎질러 미안하다고 하며 용서를 청했지요. 그랬더니 내 아내는 '아니요'

하면서 생각이 모자라 물그릇을 그곳에 놓아두었으니 자신의 잘못이라고 하며, 오히려 나에게 용서를 청했습니다. 그런데 옆에 계시던 저의 어머니께서는 '아니다, 나잇살이나 먹은 내가 그것을 보고도 그대로 두었으니 내가 잘못이다.' 하셨습니다. 이렇게 서로가 서로를 위해 바보가 되려고 하니 싸움을 할 수가 없습니다."

그 후 젊은 부부는 이웃집의 이야기를 듣고 크게 깨달아 화목하게 살았다고 한다.

내가 지금까지 살아오면서 제일 잘한 것은 지혜로운 남편을 만나 사랑을 하고 결혼을 하여 생명보다 소중한 두 아이를 낳아 키운 것이다. 엄마와 아내로 살면서 때로는 힘에 부칠 때도 있었지만, 그때마다 씩씩하게 다시 일어설 수 있게 도와준 것은 가족이란 피로 뭉쳐진 그들의 존재 자체였다. 위의 이야기에서처럼 서로가 서로를 위해 바보가 되는 가족 말이다.

이런 집을 만들기 위해 아이들이 어렸을 때부터 남편과 나는 서로 바보를 자청하였고, 그 모습을 보고 그대로 배운 아이들 또한 너무나도 잘 자라 엄마가 힘들 때 기댈 수 있는 언덕이 되어 주었다. 처음부터 지금까지 한결같은 사랑으로 우리 가정을 가득 채워 주었던 남편이 있었기에 가능한 일이었다.

감사하고 또 감사한 이들이여,

내 눈감는 그날까지 그대들을 사랑하고 또 사랑합니다.

언제나 내 편,
가족

<이것 하나만으로도>

− 정용철

나에게는 사랑하는 가족이 있습니다.

나는 우리 가족을 언제라도 만날 수 있습니다.

이 하나가 나에게 얼마나 큰 기쁨인 줄

이제야 알았습니다.

나에게는 사랑하는 가족이 있습니다.

나는 우리 가족과 언제라도 전화를 할 수 있습니다.

이 하나가 나에게 얼마나 큰 즐거움인 줄

이제야 알았습니다.

나에게는 사랑하는 가족이 있습니다.
내가 우리 가족 중 한 사람에게 편지를 보내면
곧 답장을 받을 수 있습니다.
이 하나가 나에게 얼마나 큰 위로인 줄
이제야 알았습니다.

나에게는 사랑하는 가족이 있습니다.
나는 우리 가족에게 언제라도 선물을 보낼 수
있습니다.
이 하나만으로도 내가 얼마나 소중한 사람인 줄
이제야 알았습니다.

나에게는 사랑하는 가족이 있습니다.
나는 우리 가족과 언제라도 같이 식사를 할 수
있습니다.
이 하나만으로도 내가 얼마나 대단한 사람인 줄
이제야 알았습니다.

나에게는 사랑하는 가족이 있습니다.

나는 우리 가족에게 나의 아픔을 낱낱이

이야기할 수 있습니다.

이 하나만으로도 내가 얼마나 행복한 사람인 줄

이제야 알았습니다.

  내가 좋아하는 정용철 시인의 <이것 하나만으로도>라는 시
詩 전문이다. 늘 이 시를 읽을 때면 입가에 따스한 미소가 번지
고, 남편과 두 딸아이에게 새삼 감사한 마음이 든다.

지금 생각해 보면 나는 다소 극성스러운 엄마였던 것 같다. 어릴 때 원 없이 공부해 보는 것이 소원이었기 때문인지, 딸아이들이 하고 싶어 하는 공부에 있어서만큼은 열심히 응원하기 위해 두 팔 걷어붙이고 나섰다.

큰애가 일곱 살 때부터 동화, 동요, 시낭송 대회 등에 데리고 다녔는데, 그때는 차도 없을 때여서 버스를 타고 두 애들 손을 잡고 난파음악제부터 아이들의 재능을 살릴 수 있는 대회라면 거의 빠지지 않고 참여했다.

특히 엄마아빠가 음악을 무척 좋아했기에 음악 관련 대회는 필수였다. 내가 오케스트라를 운영하게 된 후로는 어릴 때부터 아이들을 군부대에 데려가기도 했다. 아빠는 청년시절부터 통기타를 메고 다닐 만큼 음악을 좋아했고, 엄마는 발도 제대로 뻗지 못할 신혼 단칸방에 피아노를 가져갈 만큼 음악을 사랑했으니 말해 무엇 하겠는가.

그 영향 때문인지 대회에 나갈 때마다 딸아이들이 음악이면 음악 낭송이면 낭송, 거의 상을 휩쓸 정도여서 엄마는 나로서는 더 신이 날 수밖에 없었다.

처음에는 부모가 좋아해서 취미 삼아 보냈던 것이 현재까지

이어져 이제는 두 아이 모두 학교에 나가 음악 관련 강의까지 하고 있으니, 이만하면 내 안목도 그리 나쁘지 않았던 듯싶다.

두 아이 모두 부모를 닮아 음악을 좋아하고 재능도 보였기에 부모로서 할 수 있는 지원은 모든 다 해 주고 싶었다. 재산이 많아서가 아니었다.

아이들이 중고등학교를 다닐 때는 큰딸과 작은딸을 번갈아 픽업해서 학교와 학원으로 데려다주고 데리고 와야 했기 때문에, 오히려 엄마인 내가 더 바빴다. 내가 조금이라도 아이들의 공부에 도움이 될 수 있다면 어떤 힘든 일도 힘들게 느껴지지 않았다. 오히려 뿌듯하고 행복했다.

이 무렵 내가 또 크게 도움을 받은 시댁 식구가 한 분 더 계신다. 우리 애들이 중학교 때부터 유학가기 전까지 살뜰히 돌봐 주신 남편의 둘째누님이다. 집은 시흥에 있는데 아이들 학교는 서울에 있어 거리가 꽤 먼 관계로, 어쩔 수 없이 학교 부근인 아차산역 쪽에 집을 얻게 되었다. 이곳에 둘째누님이 오셔서 아이들과 함께 살며 뒷바라지를 하셨다.

지금 생각해 보면 조카들을 돌본다는 것이 결코 쉽지만은 않으셨을 텐데 언제나 넘치는 사랑으로 우리 아이들을 잘 키워 주셨다. 감사하고 또 감사한 일이다.

다만 아이들이 사춘기였던 이때를 생각하면 지금도 가슴이 저려 온다. 부모와 떨어져서 고모와 살면서도 반항 한 번 안 하고 바르게 자라준 두 딸이 기특하지만, 한편으론 안쓰럽고 안타깝기 그지없다. 무엇보다 엄마의 따뜻한 정을 듬뿍 받고 지냈어야 할 시기였기에 더욱 그렇다.

언젠가 딸아이들이 농담 반 진담 반으로 말한 것들이 아직도 내 가슴에 얹혀 있다.

"여자로서는 엄마를 무척 존경하지만, 엄마로서는 서운한 때도 있었어요."

원망 아닌 원망이었다. 너무 일찍부터 엄마와 떨어져 있어야 했으니 어찌 이런 생각이 안 들었겠는가. 다행인지 불행인지 모르겠지만 두 딸아이는 엄마 대신 서로가 서로를 의지하며 지내서 유독 자매의 정이 돈독하다.

그때는 엄마도 일하느라 어쩔 수 없었다고 변명해 보아도 속상해하는 딸아이들을 볼 때면 마음이 몹시 쓰리고 아프다. 아무리 바빴어도 내가 좀 더 신경 썼어야 했는데… 내가 좀 더 사랑을 팍팍 표현해 주었어야 했는데…

물론 아빠 회사가 어느 정도 자리 잡게 되면서 물질적인 것은 부족함 없이 해 줄 수 있었지만, 실제 아이들이 바라는 엄마로서의 정을 많이 주지 못한 것만큼은 변명의 여지가 없다. 딸

아이들이 속상한 만큼 엄마인 나는 그것의 두 배 세 배로 속상할 수밖에 없다.

세상의 어느 엄마가 자식들과 떨어져 살고 싶겠는가.
세상의 어떤 엄마가 자식들에게 정을 안 주고 싶겠는가.
비록 몸은 떨어져 있었어도 정말이지 마음만큼은 언제나 너희들과 함께였다는 것, 이것 하나만은 꼭 알아주었으면 좋겠다.

아이들은 진짜 내가 과분할 정도로 잘 자라 주었다. 학창시절 두 아이 다 반장을 놓친 적이 거의 없다. 큰아이는 초등학교 때 전교회장을 시작으로 중고등학교 때도 한결같이 잘해 주었고, 작은애도 성실하여 유학길에 나섰을 때도 별 걱정 안 하고 보낸 것 같다. 유학을 가서도 장학금을 타서 공부할 정도로 제 몫을 다해 주었다.
이제는 두 딸 모두 사랑하는 사람을 만나 행복한 가정을 꾸렸으니 부모로서 더 바랄 게 없다.

지금까지도 두 딸이 음악을 사랑하고 사랑하는 음악과 관련된 일을 하면서 <모나무르>에서 공연 기획을 하고 연주까지 하고 있으니 감사하고 또 감사할 일이다.

어쩌면 음악이 오늘날의 우리 가족을 만들었다고 해도 과언이 아닐 것이다. 이 덕분에 <모나무르>에는 요소요소마다 음악과 미술이 다 들어가 있다.

고사리 같은 아이들 손을 잡고 이 대회 저 대회 다니던 것이 엊그제 같은데 언제 이리들 훌쩍 자란 것인지, 때로는 친구 같고 때로는 연인 같은 내 딸들아! 사랑하고 또 사랑한다.

아이들이 중고등학교를 다닐 때 남편과 나는 아이들에게 조금이라도 좋은 환경을 만들어 주기 위해 더 열심히 일했다. 얼마 안 가 우리의 노력이 통했는지 회사도 어느 정도 궤도에 오르게 되었고, 나는 그제야 계속 미루어 놓았던 공부를 시작할 수 있었다.

평소에도 패션에 관심이 많았던 터라 일단 패션디자인 전문학교에 들어갔다. 물론 내 공부의 든든한 후견인은 두말할 것 없이 남편이었다. 일하랴 공부하랴, 하루가 짧게 느껴질 만큼 바쁜 나날이었지만 남편의 독려가 있었기에 포기하지 않고 공부를 계속할 수 있었다.

패션디자인 전문학교에서 졸업할 때 상장을 포함하여 금으로 만든 행운의 열쇠를 받아서 고이고이 간직했는데, 하필이면 우리 집에 도둑이 들어 소중하게 간직했던 행운의 열쇠를 가져가고 말았다. 다른 것은 가져가도 그것만은 두고 갈 것을, 이 무정한 도둑님 같으니라고…….

미술대학원을 다닐 때에도 남편은 묵묵히 도와주었다. 학기마다 개인전에 작품전, 졸업전까지 준비할 것이 한두 가지가 아니었는데, 그럴 때면 남편이 재료를 직접 구해다 주기도 하고, 나와 같이 밤을 새워 주기도 했다. 그 덕분에 화예조형학과

석사학위 논문인「무대미술로서의 화예조형표현 연구」를 무사히 마칠 수 있었다.

　이후 공부 욕심 많은 내가 또다시 환경조경학 박사학위를 따겠다고 하자 남편은 말리기는커녕 등록금을 먼저 선뜻 내주었다. 그 등록금으로 박사과정에 돌입했고 해외로 다니면서 연구를 할 때에도 싫은 내색 한 번 없이 묵묵히 지원해 준 사람이 바로 남편이다.「명승자원으로서 다랑이논의 보전 및 활용방안에 관한 연구」논문으로 나는 환경조경학 박사학위도 따게 되었다. 만약 남편이 없었다면 나는 지금의 이 자리에 서지도 못했을 것이다. 내 박사학위의 8할은 순전히 남편의 몫이나 다름없다.

　더군다나 나는 남편의 든든한 지지 덕분에 내 인생에서 빼놓을 수 없는 소중한 시간을 맞이할 수 있었다. 강단에 서게 된 것이다.

　이후 13년이란 세월 동안 학생들을 지도하면서 늘 즐겁고 행복한 마음뿐이었다. 한 번도 지겹다는 생각이 들지 않았다. 그렇게 하루하루를 참 바쁘게 살아오다 보니 초반에 학교를 여러 곳 다닐 때에는 어쩔 수 없이 수업에 늦은 적도 있었다. 오산에서 이천까지, 야간에는 수원까지 갔다가 집에 오면 밤 11시였

다. 지금 생각해 보면 어떻게 그 살인적인 스케줄들을 소화할
수 있었는지 신기할 정도다. 그래도 정말로 행복했던 시간들
이었던 것 같다.

강의시간에 나를 주시하는 학생들의 반짝이는 눈동자들을
보며, 항상 내가 더 열심히 가르쳐야 한다는 사명감이 불타올
랐다.

남을 지도한다는 것은 즉 내 머릿속에 있는 것들을 내주는
것이지만 단순한 지식만이 아닌 지혜까지 전달하기 위해 노력
했다. 지식에 지혜를 더해 학생들을 가르치는 일 자체가 나에
게는 행복이었다.

나는 평상시에도 우리 딸들에게 늘 말했다.

"머릿속의 지식은 도망가지 않지만, 있다가도 없어지는 게
돈이란다. 그래서 엄마는 너희들 머릿속에 더 많은 지식과 지
혜를 넣어 주고 싶어."

교수로 재직하면서 많은 학생들을 보아왔다. 학비가 없어서
등록금을 내지 못하거나 갑자기 집안에 사정이 생겨 당장 차비
가 없어 학교에 나올 수 없다는 학생, 부모가 이혼해서 갑자기
학교를 그만둬야 하는 학생에 이르기까지 사연들이 각양각색

이었다.

특히 가정형편 때문에 학업을 계속하기 힘든 학생들을 보면 내가 어렵고 지쳐 있을 때가 생각나서 더 마음이 짠해졌다. 그럴 때마다 어려운 학생들에게 얼마라도 말없이 건네주고 나면 그날 밤은 왜 그리도 맘이 편하던지……. 내 형편이 넉넉해서 한 일은 아니지만 살다 보면 주고받으며 정을 나누는 일도 우리한테는 꼭 필요한 일이라는 것을 체감할 수 있었다.

강단에 서서 학생들을 가르치는 삶은 무척 행복했지만, 이제는 <모나무르>에 최선을 다해야 한다는 생각에서 학교를 정리하고 나니, 한편으론 마음이 무겁고 살짝 겁도 난다.

그렇지만 '나는 여장부다!'라고 최면을 건 채 잘 해낼 것이라고 스스로를 보듬으며 나머지 시간들도 값지게 보내리라. 내가 노력한 만큼 내가 땀 흘린 만큼 반드시 그 보답을 받을 수 있을 것이라는 평범한 진리를 굳세게 믿으면서.

언제나 행복한 우리 집의 지붕이 되어준 당신!

당신의 손을 잡고 걸어온 이 길이 얼마나 가슴 뿌듯한지 모르겠습니다. 당신을 통해 삶을 배웠고 당신을 통해 사람과 어울려 살아가는 지혜를 얻었습니다.

간혹 맞닥뜨렸던 인생의 고비에서도 한결같이 내 편이 되어 준 당신이 있었기에, 주저앉고 싶을 때에도 한 번씩 더 용기를 낼 수 있었습니다.

저 역시 언제나 당신 곁을 지키며, 당신과 함께 걸음을 내딛고, 당신과 같은 쪽을 바라보는, 당신의 영원한 길벗이 되겠습니다.

내 삶의 스승이자 든든한 응원군인 당신, 당신을 이 세상에서 제일 존경하고 사랑합니다!

믿음과 나눔의 나무를
심는 사람

그런 날이 있다. 사노라면 내 중심을 잡지 못하고 흔들리는 날이.

나를 잡고 흔드는 것이 때로는 사람일 때도 있고, 때로는 일일 때도 있고, 때로는 스스로일 때도 있다.

그런 날이면 나는 뿌리를 깊게 내려 세찬 바람에도 흔들리지 않는 한 그루 나무를 심고 싶어진다. 이왕이면 뿌리에는 신뢰가, 열매에는 나눔이 달리는 그런 나무를.

세상이 어떻게 변해 가든, 묵묵히 자신의 자리에서 맡은 바 책임을 다하며 믿음과 나눔의 나무를 심는 사람들이 있기에, 세상은 아직 살 만한 것인지도 모른다.

내 가까이에도 그런 사람이 있다는 건 정말 행운이 아닐 수 없다. 바로 남편이다.

5평짜리 창고에서 시작하여 지금의 알토란 같은 기업으로 자리매김하기까지, 남편이 거저 얻은 것은 단 한 개도 없었다. 성실함을 토대로 고객의 신뢰를 얻어 믿음의 나무를 심었고, 하루하루 정성껏 물을 주고 벌레를 잡아 주어, 20여 년 만에 뿌리 깊은 나무로 키워 내었다. 그리고는 탐스럽게 열린 열매를 나누어 사회에 봉사하는 일에도 앞장서고 있다.

　　누군가 남편의 성공비법을 묻는다면 나는 1초도 망설이지 않고 답할 것이다. '배려'와 '관대함'이라고.

스위스 취리히의 슈타인거리에 한 노인이 나타났다. 노인은 길바닥에서 무언가를 주워 주머니에 넣고 있었다. 경찰이 노인의 태도를 유심히 살핀 후 물었다.

"당신은 지금 무엇을 줍고 있습니까? 습득물은 경찰서에 신고해야 한다는 것쯤은 알고 계시겠지요?"

노인은 경찰관에게 잔잔한 미소를 보내며 대답했다.

"별 대단한 것은 아닙니다. 그냥 가시지요."

경찰은 노인의 주머니를 강제로 뒤졌다. 그런데 주머니에 들어있는 것은 온통 유리조각이었다. 노인은 경찰에게 말했다.

"어린아이들이 이 유리조각을 밟아 다치면 안 되지 않습니까."

경찰은 노인에게 다시 물었다.

"노인은 누구신가요?"

그러자 노인이 대답했다.

"저는 조그마한 고아원을 운영하는 사람입니다."

이 노인이 바로 그 유명한 교육학의 아버지 페스탈로치였다. 사랑은 작은 배려에서 시작함을 깨닫게 하는 글이다.

집에서와 마찬가지로 회사에서도 남편은 직원 한 사람 한 사람을 신경 쓰고 배려한다. 다소 실수가 있어도 절대 그 직원을 탓하지 않는다. 그를 응원하며 한 번 더 기회를 주는 것이다. 직원의 행복이 곧 남편의 행복인 셈이다.

업무가 한가한 시간에는 유니폼 차림으로 회사 정문을 지키며 직접 고객들을 맞이하는 이도 바로 남편이다. 나중에 남편이 사장인 것을 알게 되면 다들 깜짝 놀란다고 한다. 그만큼 낮은 자세로 임하며 항상 겸손한 것 또한 남편의 장점이다.

남편은 내게도 지금까지 큰소리를 낸 적이 별로 없다. 진중한 남편과는 달리 일부터 저지르고 보는 나 때문에 여러 번 놀라기는 했어도, 수습하는 것도 늘 남편 몫이었다.

그런 사람이기에 처음으로 함께한 부부동반 여행에서 여행 내내 나만 호텔 방에 남겨 둔 채 회사 일만 보고 온 남편도 이해할 수 있었던 것이리라.

숲속에 사는 여우 한 마리가 길을 걸을 때마다 돌부리에 차여 발이 성한 날이 없었다고 한다. 그래서 어느 날 여우는 토끼를 잡아 그 가죽을 도로에 깔아야겠다고 생각하고 토끼 한 마리를 잡아 자신의 생각을 전했다. 사정을 들은 토끼는 펄쩍 뛰면서 말했다.

"여우님, 저희 토끼들을 잡아 언제 도로를 다 포장하려고 하십니까. 그냥 제 꼬리를 잘라 가죽신을 만들어 신고 다니면 될 텐데요."

사람들은 자신이 불편할 때 남을 통해 자신의 삶이 바뀌기를 기대한다. 삶의 태도를 바꿀 생각은 하지 않는다. 변화란 안에서 잠근 문과 같아 안에 있는 사람이 문을 열지 않으면 밖에서 아무리 두드려도 들어갈 수 없다.

그러므로 남을 바꾸려고 하지 말고 나 자신이 먼저 변화되고자 노력해야 한다. 다른 사람을 먼저 생각하고 아끼고 배려하는 진실이 그 사람을 돋보이게 할 뿐만 아니라 성공의 길에 서게 만든다. 남을 먼저 생각하라. 그러면 인생이 달라진다.

인격은 재산보다 강하고 명성을 탐하지 않아도 명예를 가져다준다 하지 않는가. 참된 인격은 처음부터 가지고 태어나는 것이 아니라 살아가면서 스스로 닦는 것이라는 걸 남편을 보며 깨닫는다. 성공한 사람들은 작은 것에 최선을 다한 사람들이다. 작은 것을 소홀하게 여기는 사람은 큰 것도 소홀히 여긴다.

나는 배려는 믿음이고 나눔은 관대함이라고 생각한다. 나와 같이 사람을 믿는 것, 나 혼자만이 아닌 함께 행복해지기 위해 노력하는 것, 그것이 남편이 성공으로 한 걸음 다가설 수 있었던 비법이리라.

CHAPTER 3

당당한 도전

Do the one thing you think you cannot do. Fail at it. Try again.
Do better the second time.
The only people who never tumble are those
who never mount the high wire.
This is your moment. Own it.
할 수 없을 것 같은 일을 하라. 실패하라. 그리고 다시 도전하라.
이번에는 더 잘 해보라.
넘어져 본 적이 없는 사람은
단지 위험을 감수해 본 적이 없는 사람일 뿐이다.
이제 여러분 차례다. 이 순간을 자신의 것으로 만들라.
– Oprah Winfrey(오프라 윈프리) –

I am as proud of what we don't do
as i am of what we do.
우리가 이룬 것만큼, 이루지 못한 것도 자랑스럽다.
– Steve Jobs(스티브 잡스) –

Challenge & Pride

도전하지 않는 삶은 죽은 삶이다

내가 좋아하는 팝송 중에 <Never give up on a dream>이란 곡이 있다. 로드 스튜어트가 열창한 이 곡은 어떤 상황에서든 꿈을 잃지 않고 살아가는 진정한 휴머니즘을 노래한다. 그런데 며칠 전 문득 인터넷에서 이 노래를 배경으로 한 가슴 뭉클한 동영상 한 편과 만났다.

동영상의 주인공은 테리 폭스라는 캐나다인이었다. 대학시절 농구선수였던 폭스는 꿈을 채 펼쳐 보기도 전 오른쪽 다리에 골육종이 생겨 한쪽 다리를 절단하게 되었다.

그럼에도 그는 자신의 불행에 굴하지 않고, 1980년에 캐나다 전국을 횡단하는 희망의 마라톤을 시작했다. 폭스가 143일

동안 한쪽 다리로만 움직인 거리가 자그마치 5천375km이었다고 한다. 그러나 암이 폐까지 전이되는 바람에 폭스는 마라톤을 중단하게 되었고, 9개월 후에 결국 세상을 떠나고 말았다.

이러한 그의 감동적인 도전정신을 기리기 위해, 매년 60여 개 국가에서 '테리 폭스 달리기Terry Fox Run' 행사가 개최되고, 수익금은 암 연구에 쓰인다고 한다.

그의 불굴의 의지와 진정한 용기에 다시 한번 박수를 보내며, 이 글을 읽는 모든 이들에게도 절대 꿈을 포기하지 않는 그의 정신을 전하고 싶다. Never give up on a dream!!!

If there's doubt and you're cold,

don't you worry what the future holds.

We've gotta have heroes to teach us all

to never give up on a dream.

Claim the road, touch the sun,

no force on earth could stop you run.

When your heart bursts like the sun

never never give up on a dream.

Shadows fall, daylight dies,

freedoms never got a place to hide.

Search forever finish line

but never give up on your dream.

Crazy notions fill your head,

you gotta break all the records set.

Push yourself until the end

but don't you ever give up on your dream.

Now listen to me

you don't need no restrictions yeah

Oh, sing it again

you can't live on sympathy.

You just need to go the distance,

oh the distance

that's all you need to be free,

to be free, to be free, to be free.

Sing a song for me children

you don't need no restrictions yeah

you can't live on sympathy.

You just need to go the distance,

that's all you need to be free,

Now listen to me!

Inspiring all to never lose,

it'll take a long long time before they fill your shoes

it'll take somebody, somebody, who's lot like you

who never gave up on a dream.

No, you never gave up on a dream

no, you never gave up on a dream.

You never, never, never,

never gave up on a dream.

유대 경전에도 "어느 겨울날 눈이 수북이 쌓여 있을 때 만약 당신이 길을 만들어 걸어가면 승자이고, 눈이 녹기를 기다리면 패자가 될 것이다."라는 말이 있다.

주어진 외부 환경에 관계없이 스스로 긍정을 선택하면 긍정의 결과가, 부정을 선택하면 부정의 결과가 나오는 것, 그것이 자연의 이치이지 않은가?

내가 살아 있음을 가장 피부로 깨달을 때는 새로운 일에 도전할 때다. 도전은 늘 나를 짜릿하게 한다. 다행히 나는 변화를 두려워하지 않는다. 어린 시절의 가난이 나를 단단하게 만들어 주었기에 웬만한 고생쯤에는 눈 하나 깜빡하지 않을 수 있다.

내게는 전진하지 않는 것은 뒤로 물러나는 것과 같다. 그렇기에 나이와 상관없이 하고자 하는 일에는 망설임이 없다.

도전이 꼭 거창한 것만은 아니다. 하고 싶은 것을 바로 실행으로 옮기고 끝까지 최선을 다하는 것. 그것이 내게는 도전이라는 의미였다.

늦었다고 생각할 때가 가장 빠른 때라고 했던가. 나는 평범한 두 아이의 엄마에서 스스로 변신을 꾀하였다. 뒤늦게 불붙은 학구열도 단단히 한몫했다.

웨딩·파티 디렉터로, 환경조경학 박사로, 대학교수로, 복합 문화예술공간 <모나무르>의 대표까지, 나의 변신은 무죄였다.

내가 하고 싶은 것을 스스로 노력하여 마침내 이루어 냈을 때, 그때만큼 뿌듯할 때가 또 있을까. 도전은 새로운 세상을 향한 열린 문이었다.

그래서일까, 나는 패션전문학교를 졸업한 후에도 도전을 멈추지 않았다. 어느 날 신문을 보는 순간 작은 글씨로 실린 '화예과 모집 공고' 문구가 단번에 내 눈길을 사로잡았다.

'화예과'란 단어가 예사롭지 않아서 모집 학교로 전화를 걸어 보았다. 꽃으로 예술을 만드는 아주 다양한 수업이라는 말에 바로 접수를 하려는데, 오후 4시까지가 마감이란 것이 아닌가.

신문을 본 시간은 3시였다. 시간이 너무 빠듯했다. 우리 집에서 학교까지는 40분 거리였다. 다행히 졸업장은 미리 준비해 놓은 것이 있어서 곧바로 들고 학교로 가서 접수를 할 수 있었다. 어찌 보면 운명과도 같은 인연이었다. 그렇게 2년 동안 즐겁게 수업을 마치고 대학원에 등록했다.

꽃은 다양한 색상과 질감 그리고 형태도 각기 다르고 크기도 다채롭다. 이런 종류의 꽃들을 가지고 나는 그동안 많은 작품을 하면서 늘 파티하는 기분으로 살아온 것 같다. 두 딸아이의 웨딩 공간 장식도 엄마인 내가 직접 꾸며 줄 수 있어서 행복했다.

더욱이 내가 꽃을 알게 된 것에 감사하는 이유 중 하나는 화예 장식, 색채학, 푸드 스타일링, 웨딩 플래너, 파티 플래너, 웨딩 공간 장식, 실내 원예 장식, 테이블 데커레이션 등등의 교재도 만들 수 있었다는 것이다. 이 또한 매우 보람을 느낀 일이었다.

　　이후 나는 패션에서 화예, 조형, 조경 등등 여러 분야를 두루 공부하면서 많은 것을 습득하였다. 꽃에 대한 지식은 현재 내가 다방면에서 일할 수 있는 토대가 되어 주었고, 그래서인지 제자들도 각각의 분야에서 더 많아졌다.

쏜살같이 날아가는 시간의 꽁무니에만 매달리다 보니 점점 주변을 둘러볼 여유가 없다. 그럴수록 나는 스스로를 채찍질하며 새로운 길을 찾아 나선다.

내가 가지지 못한 것에 한탄만 하고 있어서는 아무것도 달라지지 않는다. 갖고 싶고 하고 싶은 것이 있다면 바로 실행으로 옮길 수 있는 행동력이 있어야 한다.

움직이지 않으면 발전과 변화도 없다. 석유를 얻으려면 일단 땅을 파야 하고 안타를 치려면 타석에 들어서야 한다. 결심이 서는 순간 바로 행동으로 옮겨야 한다.

지금 못 하는 것은 나중에 조건이 갖춰져도 못 하게 되는 것임을 기억하자.

아무 도전도 하지 않는 것이 진짜 위험한 것임을 더 늦기 전에 깨우치자.

내 자존심의 크기는
내가 정한다

사람들은 하루에도 몇 번씩 선택의 갈림길에 선다.

마음이 정해지지 않으면 그만큼 힘이 든다. 중간선을 밟고 서서 남만 탓해 봤자 돌아오는 건 허무뿐이다. 자초한 일이라고 해서 상처가 빨리 아물진 않는다.

어느 쪽인지 망설여진다면 저 혼자 춤추는 감정은 잠시 밀어내고, 객관적이고 이성적인 시선으로 자신부터 살펴봐야 한다.

자신이 '할 수 있는 것'과 '할 수 없는 것'을 적확하게 구분할 줄 알아야 한다. '하기 싫은 것'을 '할 수 없는 것'이라고 혼동해서도 안 된다. '애쓰는 것'과 '모른 척하는 것'은 하늘과 땅 차이다.

매번 질 수밖에 없는 싸움이라 해도, 잘못된 선택이었다고 뒤늦은 후회를 해도, 할 수 있는 만큼, 할 수 있을 때, 더 노력해 봐야 한다.

처음에는 별로 표가 안 나도 차곡차곡 그 흔적들이 쌓이면 어느새 삶의 무늬도 달라져 있을 것이고, 적어도 비겁한 길로 가는 것만은 막을 수 있기 때문이다.

먼저 할 일은 엉거주춤 밟고 서 있던 선에서부터 떨어지는 일이다. 그 다음엔 누구의 상처든 모른 척하지 않는 일이다.

그렇게, 사는 동안만큼은 권리가 아닌 의무인 그것, '용기'를 갖는 일이다. 참된 용기를 갖는다는 것은 자존심을 키우는 가장 빠른 길이다.

자신의 소중함을 깨닫는 것. 자신이야말로 세상에 하나밖에 없는 유일무이한, 그 누구와도 바꿀 수 없는 소중한 존재임을 깨닫는 것에서부터 행복한 삶이 시작되는 것이 아닐까.

스스로를 최고로 사랑하는 사람만이 단 한 번뿐인 인생을 헛되이 살아가지 않도록 최선의 노력을 다한다. 그런 사람이 다른 사람의 인생도 귀하게 여길 줄 아는 것이다.

실패하는 사람들 대부분은 자신의 능력을 잘못 판단하고 자신의 중요성과 가치를 경시하는 경향이 있는 듯하다. 반면 성공하는 사람들은 자신의 현 상태에 대해 결코 만족하지 않고 더 높은 목표를 설정하면서 쉬지 않고 개선해 나가는 특징이 있다. 그들은 만족과 안주安住가 곧 쇠퇴의 시작임을 누구보다 잘 알고 있다.

부자가 된 비결을 묻는 기자의 질문에 빌 게이츠가 답했다.

"내가 부자가 된 비결은 다음과 같다. 나는 매일 스스로에게 두 가지 말을 반복한다. 그 하나는 '왠지 오늘은 나에게 큰 행운이 생길 것 같다'이고, 또 다른 하나는 '나는 무엇이든 할 수 있다'라는 것이다."

자신감이 빌 게이츠의 성공의 디딤돌이 된 것이다.

과거의 상처만 되씹고 있는 한 현재에 행복을 느낄 수 없지 않겠는가. 스스로 무조건 행복해지기로 마음먹고 행복한 상황을 선택해 보자. 내 마음 하나만 제대로 제어할 수 있어도 세상의 행복이 다 내 것이 될 수 있다.

남과 나를 비교하지 말자. 세상의 모든 사람은 그 각자가 소중하고 행복할 권리가 있다. 지금 내게 있는 것, 지금 나와 함께 하는 사람에 대하여 소중함과 감사함을 잊지 말자.

소중한 것은 언제 떠날지 모를 일이며, 감사할 일은 언제 다시 올 줄 모르기 때문이다. 그러니 아주 작은 일에도 감사의 말을 전하는 습관을 갖자.

자신에게도 감사와 행복의 말을 전하는 것을 잊지 말자. 내일을 위해 오늘을 불행하게 보내지 말자. 오늘 참는 것과 오늘 불행한 것은 다르다. 부정적인 감정과 생각을 긍정적인 감정과 생각으로 하나씩 바꿔 가는 훈련을 해보자. 세상은 늘 좋은 것만 혹은 나쁜 것만 있는 것은 아닐 터이니.

시흥시 옥구공원 설치작품 '그레이프'

때로 삶이 너무 버겁다는 생각이 들면 오늘 하루 무사히 보내 감사하다고, 가진 것이 없어 불행하다는 생각이 들면 가족이 있어 행복하다고, 나는 왜 이 모양이지 라는 생각이 들면 내일을 꿈꾸는 한 넌 괜찮은 사람이야라고 스스로에게 얘기해 주자.

많은 사람들이 자꾸 긍정보다 부정으로 흐르는 것은 지금, 여기에서, 살아 숨 쉬는 고마움을 너무 쉽게 잊어버리기 때문이 아닐까? 누군가의 문병을 갈 때마다 내가 건강함에 감사하듯이, 살아 있다는 것만으로도, 내일은 오늘보다 나으리라는 희망을 가질 수 있다는 것만으로도 얼마나 행복한 일인가.

미술대학원에 진학한 후에도 내 도전은 계속되었다. 그곳에서 조형물을 배우고 익혀서 설치작가로 활동하다 보니 공원, 건축물 등 조경을 알고 나면 더 많은 것을 볼 수 있을 것이라는 마음으로 조경공부를 시작하게 되었다.

공부를 하는 과정이 그리 쉽지만은 않았다. 그중 논문을 쓸 때가 제일 힘들었다. 처음으로 '다랑이 논'이란 주제를 가지고 선행연구를 하다 보니 더 어려움이 있었던 듯하다.

논문을 쓰기 위해 굽이굽이 산 다랑이 논을 답사하러 다녔는데 너무도 오지라서 다닐 때마다 무척 애를 먹었다. 그 과정에서 남해 가천마을 다랑이 논에서부터, 운남성 원양에 있는 다랑이 논, 필리핀 바나우에 바다트 마을 다랑이 논 등등 이곳 저곳 명소에 다니면서 힘든 만큼 많이 배우고 익혔다.

쉽지 않은 상황과 많은 어려움 속에서도 포기하지 않고 끝까지 공부를 마쳤기에, 지금 이 자리에 내가 존재할 수 있는 것이리라.

모든 일에 고개 젓기보다는 고개를 끄덕이며 자신에게 주어진 시간에 최선을 다할 때, 자신감도 배로 찾아올 것이다. 나는 어려운 일에 부딪힐 때마다 스스로에게 건 주문이 있다.

'다 잘될 거야. 내가 포기하지 않는 한, 꼬였던 일의 매듭도 자연스럽게 풀릴 거야. 그러니 지금은 힘들어도 다 잘될 거야.'

그러면 정말 암담하기만 했던 일들이 조금씩 실마리를 찾아가곤 했다.

그때 내가 반대로 '잘 안될 거야. 자꾸 일이 꼬이는 걸 보니 잘될 리가 없어'라고 생각했다면 어떠했을까. 그런 생각을 하는 것만으로도 일이 잘 풀렸을 리가 없다.

나의 장점이라고 한다면 모든 일을 진행할 때 겁이 없다는 것이다. 이 덕분에 현재의 내가 대범할 수 있는 것이고, 해서 안 되는 일은 없다고 주장할 수 있는 것이다. 그러나 가끔 나 자신을 너무 믿는 것 같아 스스로 자제하기도 한다.

아무튼 모든 일에 최선을 다하는 내 모습을 스스로 칭찬하면서 잘 살아가는 것이 현재의 윤경숙이다.

"결국 모든 것이 나로부터 시작되는 것이다.

나를 다스려야 뜻을 이룬다.

모든 것은 내 자신에 달려 있다."

라는 백범 김구 선생의 말씀처럼 자신의 가치는 자신이 만드는 틀로 결정된다.

어깨를 활짝 펴고 스스로에게 더 당당해지자.

내 자존심의 크기 또한 내가 정하는 것임을 가슴에 새기면서.

모두가 고개 저을 때
밀어붙여라

손안에 주사위를 쥐고 있을 때 미리 온갖 경우의 수를 생각해야 한다.

"모 아니면 도!"라고 큰소리치기 전에 6이 나오든 1이 나오든 군소리 없이 승복할 각오를 해야 한다.

두 손을 동그랗게 말아 쥐고 주사위를 흔들다가 있는 폼 없는 폼 다 잡으며 공중으로 던지는 바로 그 순간, 감지해야 한다.

두 개씩 세 줄로 나란히 박혀 있는 여섯 개의 점이 나올 확률은 고작 6분의 1이고, 그 외의 확률이 6분의 5라는 것을.

그러나 승률이 낮다고 해서 해 보기도 전에 포기하는 것처럼 어리석은 일도 없다. 어떤 일이든 결과에 대처하는 자세가 중요하다. 승리든 패배든 받아들이는 이의 마음가짐에 따라 독이 되기도 하고 약이 되기도 하니까 말이다.

결과에 얽매이지 않고 초심을 잃지 않는다면 실패한다고 해서 무엇이 문제겠는가. 성공할 때까지 포기하지 않으면 실패도 없는 것이다.

대다수의 사람들이 문제를 문제로 보고 회피할 때, 그 문제를 기회와 은혜로 볼 줄 하는 소수의 사람들만이 진정한 승리자가 된다. 문제가 없으면 더 이상의 발전도 없음을 인식하고, 그 문제를 활용해 자신을 단련시키고 남과 다른 차별적 우위를 만들어 가는 사람들 말이다.

모두가 고개 저을 때 자신의 생각을 밀어붙일 수 있는 배짱! 때로는 무모해 보이는 그 배짱이 더 큰 성공을 가져다줄 수도 있지 않을까.

위험을 감수하지 않으면 지금 있는 자리에 영원히 머물 수밖에 없다. 편안한 삶에는 성장 또한 없기 때문이다.

재키 로빈슨Jackie Robinson이라는 메이저리그 선수가 있다. 스포츠에 대해선 문외한인 내게 큰 울림을 주었던 선수다. 그의 등번호 42번은 전 구단에서 영구 결번이 될 정도로 미국 야구계에서 위대한 선수로 인정받고 있다. 그는 수많은 기록을 보유한 선수이기도 하다. 신인왕, 도루왕, 6년 연속 MVP 선정 등등. 그러나 그의 위대함은 단순히 뛰어난 야구 성적에 있지 않다. 그가 활약하던 1947년 당시 400명의 메이저리거들 중 유일한 첫 흑인이었다는 점에 있다. 그때만 해도 흑인이 메이저리그 선수가 된다는 것은 상상할 수 없는 시대였다.

그 위대한 선수 뒤에는 당시 브루클린 다저스의 단장 브랜치 릭키가 있었다. 그는 평소 눈여겨본 재키를 메이저리그로 데려오겠다는 원대한 계획을 세운다. 많은 이들이 단지 흑인이라는 이유로 반대했지만 단장의 생각은 확고했다. 나는 사실 재키도 재키지만 이 단장의 배짱에 더 감동했다.

　재키를 면접할 때 단장은 그가 그라운드에 나가게 되면 맞닥뜨릴 엄청난 반발과 험난한 시련을 경고하면서 그에게 묻는다.

　"관중은 물론 동료 선수들에게 모욕을 당할지도 모르는데 그때 어떻게 할 텐가? 그들과 싸울 것인가?"

　재키가 선뜻 대답하지 못하자 단장은 다가올 상황을 그려보듯 일부러 그를 더 다그친다.

　"어서 말해 봐, 이 검둥이 자식아!! 맞서 싸울 텐가?"

　재키는 분노해서 벌떡 일어나 소리쳤다.

　"맞서 싸울 배짱도 없는 선수를 원하십니까?!"

　그러자 단장이 대답했다.

　"나는 맞서 싸우지 않을 배짱이 있는 선수를 원하네."

　생각에 잠긴 재키를 바라보며 단장이 말을 이어갔다.

　"그들은 자네의 대응을 바라며 무슨 짓이든 할 걸세. 저주와 욕설의 메아리를 너에게 쏟아 낼 거야. 하지만 우리의 승리는 치고 달리고 수비하고… 그게 전부야. 세상이 두 가지를 확신하면 우리는 이긴다네. 자네가 훌륭한 신사라는 것과 뛰어난 야구선수라는 것. 내가 믿는 주님처럼 뺨을 맞고도 다른 뺨을 돌려 댈 수 있는 배짱, 어때, 할 수 있겠는가?"

재키 로빈슨은 생각 끝에 진지하게 대답했다.

"제게 유니폼과 등 번호를 주신다면, 제 배짱을 드리겠습니다."

예상대로 처음에는 모든 이들이 그를 조롱하고 모욕했으나 재키의 인내와 변치 않는 단장의 지지로 백인 관중들도 조금씩 돌아섰고, 동료들도 하나둘 그를 인정했다. 모든 이들의 야유에도 자신을 인정해 주는 단장을 믿고 포기하지 않았기에 재키가 오늘날 미국 야구역사에 길이 남는 선수가 될 수 있었던 것이다.

그리고 보면 배짱은 뚝심의 또 다른 이름이기도 하다.

큰 산을 오르려면 반드시 큰 계곡을 넘어가야 하고, 큰 바다에 나갈수록 파도는 거세진다. 큰일을 도모하면서 위험을 맞닥뜨리지 않는 경우란 없는 것이다. 다시 말해 큰 꿈을 꾸는 것은 곧 큰 위험을 기꺼이 맞이하겠다는 각오를 다지는 것과 같다.

역사상 위대한 발자취를 남긴 위인들을 떠올려 보면 더 명확해진다. 그들 중 위험을 최소화하거나, 기존 질서에 순응하거나, 남들과 같은 똑같은 방식으로 일처리를 한 사람은 거의 없다. 오히려 남과는 전혀 다른 과감한 목표를 세워서 실패를 두려워하지 않고 앞으로 나아간 사람들이 그들이다.

나 역시 새로운 일을 시작할 때 기꺼이 위험을 감수할 때도 있었고, 반대로 이것저것 재면서 현실에 안주할 때도 있었다.

그런데 지나고 나서 되돌아보니 후자보다는 전자일 때 일에 대한 성공률이 훨씬 높았다. 모두가 고개 저을 때 밀어붙일 줄도 아는 배짱이 있었기에, 위험 속에 숨어 있는 기회를 찾아낼 수 있었던 것이다.

세상에
공짜란 없다

가진 것 없는 보통 사람들도 성공하는 확실한 비결이 있다. 남들보다 두 배로 생각하고, 남들보다 두 배로 노력하는 것이다.

언뜻 보면 너무 평범한 얘기 같지만 나는 안다. 이것이 얼마나 어려운 일인지.

재능을 타고 나서 쉽게 성공하는 사람들도 분명 있다. 그러나 그들의 성공은 그리 오래가지 않는다.

흔히들 천재는 타고났다고 하지만 모차르트만 봐도 타고난 재능만으로 위대한 작곡가가 된 것은 아니다. 스물여덟 살에 기형이 된 그의 손이 그 방증이다. 너무 오랜 시간 연습하고, 작곡을 위해 늘 펜을 쥐고 있었기 때문이라 한다.

세계적인 발레리나 강수진의 발을 본 적이 있는가? 동양인으로서 최연소로 슈투트가르트 발레단에 입단한 뒤 독일 궁정무용가라는 칭호까지 수여받은 그녀의 발은, 온통 굳은살 투성이다. 잠자는 시간을 빼놓고는 거의 연습에만 몰두했기 때문이다.

발명왕 에디슨은 또 어떠한가. 어릴 땐 둔재 소리를 들었지만 자신이 잘하는 발명에 집중하여 2천 건에 달하는 특허권을 따냈다. 상대성 원리의 아인슈타인 역시 50년 동안 248건의 논문을 발표할 정도로 끊임없는 노력을 기울였다.

노력의 문이라는 것이 있다고 한다.
일생 동안 문밖에서 기다리다가 죽은 사람이 있었다. 살아생전에는 한 번도 문 안으로 들어가 보지 못한 채 문 밖에서 서성거리기만 하던 그가, 죽을 때가 되어서야 비로소 문지기에게 물었다.
"당신은 왜 안으로 들어가지 못하게 문을 지키고 있나? 그 이유가 무엇인가?"

문지기가 대답했다.
"이 문은 당신의 문이다. 당신이 말하면 문을 열어 주려고 여기에 있었다."

그제야 그가 땅을 치고 후회했지만 이미 때는 늦은 뒤였다.

문지기에게 열어 달라고 부탁하거나 열어 보려고 노력을 했더라면 그는 이미 문안으로 들어가 있었을 것이다. 아무런 시도도 하지 않은 채 저절로 문이 열리기만을 바랐기 때문에 그는 평생 문밖에 서 있었던 것이다.

내 인생을 사는 데 내가 선택하지 않고, 내가 시도하지 않으면, 아무것도 이루어 낼 수 없다. 어떤 시도도 하지 않고 공짜로 이루려는 사람을 그 누군들 도와주겠는가.

마냥 손 놓은 채 어제에 대한 후회로만 가득 차 있다면 오늘과 달라지는 내일이란 존재할 수 없는 것이다. 오늘을 잘 살아갈 때 잘못된 어제도 수습할 수 있고, 내일에 대한 꿈도 가질 수 있는 것이다.

땀은 배신하지 않는다. 평범하지만 꾸준히 실행하는 사람이 언젠가는 게으른 천재를 이길 수 있는 법이다.

남들이 할 만큼 했다고 두 손을 들 때, 그들보다 두 배 더 생각하고 두 배 더 노력하는 것, 그것이 성공과 실패를 가르는 열쇠가 된다.

그러고 보면 세상만사가 다 이러하다. 쉽게 얻은 것은 쉽게 나가고, 허술하게 지은 집은 빨리 무너진다. 겉만 번지르르해 봤자 알맹이가 꽉 차 있지 않으면 금세 표가 난다. 그러니 세상에 공짜란 절대 없는 것이다.

노벨경제학상을 수상한 유명한 경제학자 폴 새뮤얼슨은 "세상에 공짜 점심은 없다There Ain't No Such Thing As A Free Lunch."라는 명언을 남겼다.

공짜 점심의 기원은 미국 서부의 한 가게에서 나왔는데 그 가게는 낮에는 식당, 밤에는 술집을 운영하고 있었다.

어느 날부터 가게의 손님이 줄어들어서 사장은 고민에 빠졌다. 그래서 손님을 모으기 위해 술을 일정량 이상 사 마시는 단골손님들에게 다음 날 점심 식사를 무료로 제공하기로 했다. 그러자 손님들이 몰려들었고, 공짜 점심을 먹는 손님들은 가게가 망하지 않을까 걱정하기도 했다. 하지만 술값과 안주의 가격 안에는 이미 점심식사 비용이 포함되어 있었고 술집은 성공을 거둔 것이었다. 얼핏 보면 공짜 점심처럼 보여도 손님들은 점심에 상응하는 대가를 치른 것이다.

세상은 자기가 준 만큼 대접받고 노력한 만큼 되돌려 받게 되어 있다. 무언가를 얻기 위해서는 그만큼 노력하거나 대가를 지불해야 한다는 말이다. 상대가 호의를 베풀면 그 호의를 받은 사람은 빚진 마음을 갖게 되고 나중에 반드시 그 빚진 마음을 갚으려고 한다는 설득의 법칙이기도 하다.

남들보다 두 배로 흘린 땀방울이 차곡차곡 모여 자신이 목표로 했던 무언가를 이루어 낼 때의 희열을 어찌 말로 표현할 수 있을까.

기회에 노력을 더하면
행운이 온다.

"사나운 말도 잘 길들이면 명마가 되고, 품질이 나쁜 쇠붙이
도 잘 다루면 훌륭한 그릇이 되듯이 사람도 마찬가지다. 타고
난 천성이 좋지 않아도 열심히 노력하면 뛰어난 인물이 될 수
있다."

채근담의 한 구절이다. 나는 노력의 힘을 믿는다. 이만큼 살
고 보니 더더욱 노력의 순기능을 체감한다. 당장은 아닌 듯 보
여도 반드시! 언젠가는! 아무도 거들떠보지 않는 그 작은 노력
들이 수천 번 쌓이고 쌓여 자신이 꿈꾸는 성공을 거둘 수 있음
을 굳게 믿고 있다. 노력만큼 정직한 것도 또 없기 때문이다.

대개 행복하게 지내는 사람은 노력가가 많다고 한다. 그러고 보니 게으름뱅이가 행복하게 사는 것은 별로 본 적이 없는 것 같다. 수확의 기쁨은 그 흘린 땀에 정비례하는 것이다.

항상 노력하고 항상 준비하는 사람에게는 기회를 잡을 수 있는 행운이 온다. 어찌 보면 행운이라기보다 노력에 대한 정직한 대가라고 하는 편이 더 맞을 듯하다.

내가 뒤늦게나마 하고 싶었던 일을 할 수 있었던 것도 이 눈에 보이지 않는 노력들 덕분이었다. 늦은 만큼 남들보다 두 배로 뛰어야 했고 두 배로 노력해야 했다. 너무 힘들고 지쳐서 포기하고 싶을 때도 많았지만, 인간은 뛰어넘은 역경의 숫자만큼 강해진다는 말처럼 나는 어느새 어떤 상황에서도 넘어지지 않는 강한 사람이 되어 있었다.

나의 삶에 욕심을 내는 것. 나는 그것부터 시작했다.

지금의 자리에 안주하지 않고 새로운 길을 찾아나서는 모험을 선택했더니, 평범한 가정주부가 교수로 변신하여 대학 강단에도 설 수 있었고, 한 번 더 변신하여 내 고향 아산에 어릴 때부터 꿈이었던 복합문화예술 공간 <모나무르>를 건립할 수 있게 된 것이다.

시작은 욕심이었으나 과정은 노력이었고 결과는 성공이었다. 말처럼 쉬운 일은 아니었지만 '내가 선택한 길이 맞는 것인가?' 하는 물음표가 생길 때마다, 나를 믿고 지지해 준 남편과 아이들 있었기에 샛길로 빠지지 않고 목적지에 도착할 수 있었다.

우리 부부가 처음 시작은 미약했어도 조금씩 우리만의 영토를 넓혀 갈 수 있었던 것도, 그동안 쉬지 않고 흘려온 이 땀방울들 덕분이었다.

일본기업 파나소닉을 세운 마쓰시타 고노스케는 독창적인 아이디어로 전기산업 발전에 공헌하여, '경영의 신'으로 불리는 인물이다. 그는 자신이 성공할 수밖에 없었던 이유에 대해 다음과 같이 설명한다.

나는 3가지 은혜 덕분에 크게 성공할 수 있었다.

첫째, 집이 몹시 가난해 어릴 적부터 구두닦이, 신문팔이 등등의 고생을 통해 세상을 살아가는 데 필요한 많은 경험을 쌓을 수 있었다.

둘째, 태어났을 때부터 몸이 몹시 약해, 항상 운동에 힘써 왔기 때문에 건강을 유지할 수 있었다.

셋째, 나는 초등학교도 못 다녔기 때문에 모든 사람을 다 나의 스승으로 여기고 누구에게나 물어가며 배우는 일에 게을리하지 않았다.

빨리 자라면 빨리 생을 마감하게 되는 것이 자연의 법칙이듯 인생에서도 중요한 일은 대개 예상보다 시간도 많이 걸리고 비용도 많이 든다.

일이 생각만큼 잘 안 된다면 천천히 자랄수록 더 튼튼하게 자라는 것이라 믿고 낙심하는 대신 기다릴 줄 아는 지혜도 필요하다.

분명 노력보다는 일부 타고난 자질도 있을 것이다. 그러나 끝이 없는 노력과 정진을 통해 계발시키는 것에 비하면, 타고난 소질은 미세한 먼지에 불과하다.

인간은 스스로 노력하여 자신을 만들어 가는 존재라는 인식을 명확히 하는 것. 그것이 모든 자기계발의 시작점이다.

세상은 만만하지 않다. 대충대충 해서는 아무것도 이루어지지 않는다. 간혹 운이 좋아 성공한다 해도 그 성공은 절대 오래가지 않는다. 노력 없는 행운은 모래 위의 누각 같은 것이다. 그것은 인생에 있어 절대 약이 아닌 독이다.

내가 좋아하는 말 중 '불광불급不狂不及'이란 말이 있다.

미치지 않으면 미치지 못한다는 의미다. 내가 현재 하는 일에, 내가 미래에 하고자 하는 일에 열정적으로 미치지 못하면 그 어떤 것도 이룰 수 없다는 얘기다.

그래서 나는 누군가로부터 '일에 미쳤다'는 평가를 들어도 전혀 기분이 나쁘지 않다. 나를 지켜보는 이들이 그렇게 느꼈다면, 내가 하고 있는 일에 정말로 최선을 다하고 있다는 의미가 될 수도 있으니 말이다.

어디 일뿐이랴. 나는 사람에게도 미친다. 평생을 내 사랑하는 가족들에 미쳤고, 사업을 할 때는 함께하는 파트너에게, 강의를 할 때는 제자들에게, 휴식이 필요할 때는 친구들에게 미쳤다.

그리고 내 인생에 있어 많은 부분을 차지한 꽃과 미술, 음악에도 미쳤다.

미쳤다는 것은 내가 의도하지 않아도 저절로 빠져드는 것. 거기에서 열정이 나오고 더 잘하고 싶은 에너지가 샘솟는 것이다.

그러다 보니 많은 것에 욕심이 생겼고 그 욕심은 시간을 아껴 쓰는 좋은 습관을 만들어 주었다. 시간을 방치하지 않고 쪼

개 쓰면서 무언가 끊임없이 설계하고 미리미리 준비하는 것. 그것이 오늘의 나를 만들어 준 것이 아니었을까.

오늘을 대충 보내고, 오늘 할 일은 내일로 미뤄두다 보면 아무것도 이룰 수 없음을 지난 세월 속의 내가 가르쳐 준다.

우리 모두 오늘이라는 시간에 노력을 더하면, 내일은 알알이 들어찬 행복한 꿈이 된다는 것을 꼭 기억하면 좋겠다.

삶이란
끊임없는 공부

삶에 있어 예습은 무용지물이다. 예측한 대로 흘러가는 삶이란 없지 않는가. 그러므로 인생은 누가 더 복습을 철저히 했느냐로 판가름 난다고 할 수 있다.

미래는 확인할 바 없지만, 자신만의 무늬가 또렷이 새겨진 과거는 늘 확인할 수 있기 때문이다. 틀린 곳을 제대로 되짚지 않으면, 어제와 다른 내일이란 없다. 그렇기 때문에 한시도 공부를 게을리할 수 없는 것이다.

아인슈타인 박사가 어느 날 한 학생으로부터 질문을 받았다.

"선생님은 이미 그렇게 해박한 지식을 가지고 계신데 어째서 배움을 멈추지 않으십니까?"

그가 대답했다.

"이미 알고 있는 지식이 차지하는 부분을 원이라고 한다면 원 밖은 모르는 부분이 됩니다. 원이 커지면 원의 둘레도 점점 늘어나 접촉할 수 있는 미지의 부분이 더 많아지게 됩니다. 지금 저의 원은 여러분들 것보다 커서 제가 접촉한 미지의 부분이 여러분보다 더 많습니다. 모르는 게 더 많다고 할 수 있지요. 이런데 어찌 게으름을 피울 수 있겠습니까?"

어느새 끊임없는 자기계발과 변화가 선택이 아닌 필수인 시대가 되었다. 헐벗고 가난했던 시절을 살아 낸 우리 세대로서는 격세지감을 느끼는 일이지만, 따지고 보면 공부에 세대나 나이가 무슨 상관이겠는가.

이 세상 자체가 커다란 학교인지도 모른다. 시선을 조금만 달리 해도 배울 것 천지다.

보도블록 틈새로 솟아 나온 한 송이 꽃은 내게 불굴의 의지를 가르쳐 준 선생님이고, 새까만 때가 끼어 있는 농부의 손은 부지런함을 가르쳐 준 또 다른 선생님이다.

때로는 일상에서 만나는 사소한 풍경들이, 때로는 삭막한 세상에서 들여오는 훈훈한 미담들이 내게 많은 것을 가르치고 많은 것을 느끼게 한다.

평생학습을 내가 중요하게 여기는 것도 이 때문이다. 단순한 지식보다는 나의 삶을 통해 나의 경험을 통해 살아 있는 지혜를 흡수하는 것. 그것이 내가 끊임없이 공부하는 이유이기도 하다.

지식은 사물을 있는 그대로만 파악하는 것이고, 지혜는 그 사물의 이면에 담긴 것들을 꿰뚫어 볼 수 있는 능력이다. 지식이란 어떤 사물에 관하여 우리가 알고 있는 내용을 이야기한다. 하지만 지혜는 단지 아는 것을 넘어서는 내면의 앎을 의미한다. 그렇기에 지혜는 바다처럼 넓고 깊은 것이다.

희랍과 로마의 신화를 보면 지혜의 여신은 부엉이를 총애해 언제나 어깨에 얹고 다녔다고 한다. 부엉이는 캄캄한 어둠 속에서도 사물을 바로 볼 수 있는 눈, 즉 어둠에서도 빛을 투시하는 힘을 가졌기 때문이다.

세상에는 단지 아는 것만으로는 해결할 수 없는 일들이 많이 일어난다. 지식뿐 아니라 더불어 지혜를 가진 사람만이 삶의 거친 파도를 현명하게 헤쳐 나갈 수 있다.

많이 알고 있는 것, 즉 지식을 넘어서 무엇이 중요하고 무엇이 중요하지 않은지 판단하며 지혜를 쌓아가는 연습이 필요하다.

그런 의미에서 내게 있어 공부란 지혜를 얻는 끊임없는 연습인 셈이다.

공부를 통해 지혜를 얻고 그 지혜를 통해 나만의 길을 만들어 가는 것. 그것이 내가 궁극적으로 꿈꾸는 삶이다.

남에게 보여 주기 위해 사는 것이 아닌 나의 삶을 충실히 살아가는 것. 그러기 위해선 스스로 자랑스러워할 수 있고 행복할 수 있는 일을 해야 한다.

우리는 살아가면서 수많은 선택을 한다.

식당에서 메뉴를 정할 때도, 전공 분야를 고를 때도, 배우자를 선택할 때도, 사업을 시작할 때도 매 순간 선택의 갈림길에 선다.

이 선택들이 모여 자신만의 인생길을 만들어 간다. 순간순간 내가 어떤 선택을 하느냐에 따라 나의 인생길도 달라진다. 때로는 꾸불꾸불하기도 하고 때로는 곧게 뻗어 있기도 하다.

때로는 잘못된 선택으로 실패를 맛보기도 하고 때로는 올바른 선택으로 성공에 바짝 다가서기도 한다. 그 둘이 번갈아 찾아오기도 하고 간혹 어느 한 쪽만 계속되기도 한다.

그러나 그것이 어떤 길이든 처음부터 완성된 길이란 없다. 진중하게 한 걸음씩 옮겨 놓은 사람만이 스스로에게 좀 더 만족된 삶을 살 수 있을 것이다. 자신의 능력을 믿고 스스로에게 신뢰를 선물하자. 그렇게 걸어가다 보면 자신도 모르게 진정으로 바라던 삶을 살게 될 것이라 믿는다.

그리고 잊지 말자. 인생은 나의 선택으로 만들어진다는 사실을. 그러니 남을 탓하지 말고 내 선택에 스스로 책임져야 할 일이다.

삼성의 창업주 고 이병철 회장의 어록 중 내가 100퍼센트 동의하는 글이 있다.

"인생이란 다듬기 나름이다. 보보시도량步步是道場, 이것이 인생이다. 나는 가끔 이 말을 되새겨 본다. 사람은 늙어서 죽는 것이 아니다. 한 걸음 한 걸음 길을 닦고 스스로 닦아 나가기를 멈출 때 죽음이 시작되는 것이라는 생각이 든다."

그렇다. 평생 공부하며 자신만의 힘으로 길을 닦고, 길을 넓히고, 한 걸음 한 걸음 새 길로 나아가는 것, 그것이 진정 우리가 살아 있는 의미가 아닐까.

CHAPTER 4

당신과 함께 가는 길

Dreams come true.
Without that possibility,
nature would not incite us to have them.
꿈은 이루어진다.
이루어질 가능성이 없었다면
애초에 자연이 우리를 꿈꾸게 하지도 않았을 것이다.
– John Updike(존 업다이크) –

A dream you dream alone is only a dream.
A dream you dream together is reality.
당신이 혼자 꾸는 꿈은 단지 꿈일 뿐이다.
우리 모두가 같이 꾸는 꿈은 현실이 된다.
– John Lennon(존 레논) –

Accompany
& Mon Amour

열정이 있는 한
꿈은 이루어진다

시간에도 마디가 있다.

꿈을 이루기 위해 열심히 노력할 때가 있고, 우정의 술잔을 높이 치켜들 때가 있고, 사랑에 취해 장밋빛으로 물들 때가 있으며, 그만 한바탕 꿈에서 깨어나 현실을 직시할 때가 있다.

그 시간 마디마디에 자신만의 삶의 무늬가 새겨져 있다.

때로는 절망으로 가득 차고 때로는 희망으로 가득 찬다.

행복도 불행도 그 자리에 멈춰 있지 않는다.

전자와 후자가 절묘하게 교차되며 빚어낸 마디마디가 세월이다.

세월마다 제대로 마디가 지면 삶도 더 단단해질 수 있다.

그 어떤 것보다 빠르게 지나가는 것,
아껴야 할 것은 '시간'뿐인지도 모른다.

허송세월하지 않고 꽉 찬 마디를 만들려면 무엇보다 필요한 것이 삶에 대한 열정이다.

실패한 사람은 재능에 의지하여 꿈을 이루려고 하지만, 성공한 사람들은 열정에 의지하여 꿈을 이루려고 한다.

넘치는 재능이 있어도 열정이 없어 꿈을 이루지 못한 사람들은 많지만, 각 분야에서 성공한 사람 중에 열정을 계속 가지고 있지 않았던 사람은 없지 않은가.

필요한 것은 재능이 아니라 하고 싶은 일에 열정을 다하는 것이다. 누구든 열정을 통해 재능을 꽃피울 수 있다.

이러한 열정을 오래오래 갖고 있으려면 무엇보다 자신이 하고 싶은 일을 해야 한다. 공자도 이미 오래 전에 "알기만 하는 사람은 좋아하는 사람만 못하고, 좋아하는 사람은 즐기는 사람보다 못하다."라고 설파한 적이 있다.

그러나 머릿속으로는 알고 있어도 이를 현실에서 이루기는 그리 쉽지 않다. 실제로 자신이 하고 싶은 일을 하면서 사는 사람들은 몇 안 된다. 그렇다고 그대로 물러설 수는 없다.

조금만 시선을 바꾸어 자신이 지금 하고 있는 일을 먼저 사랑해 보자. 자신에게 주어진 일이 천직이라는 마음으로 즐겁게 일해 보자. 주어진 일이라서 어쩔 수 없이 한다는 생각을 버리면 일에서 기쁨을 느낄 수 있을 것이고 열정도 뒤따라올 것이다.

스스로 열정으로 가득 차 있다면 그 열정을 다하기 전에 우선 자신이 어디를 향하고 있는지부터 명확히 깨달아야 한다. 제일 먼저 자신이 나아가야 할 방향을 세우는 것이 중요하다. 절대로 사소한 목적을 위해 열정을 소모하는 일은 하지 말아야 하리라. 원대한 꿈을 향해 묵묵히 전진하는 자세가 필요하다.

그 길에서 간혹 실패와 맞닥뜨린다 해도, 힘들겠지만 그 실패를 있는 그대로 받아들여라. 열정이 많은 사람일수록 상처받기 쉽다. 그러나 자신이 열정을 쏟은 만큼 더 아파하고 더 고민하면, 당당히 실패의 그늘에서 벗어날 수 있다고 생각한다. 장애물 앞에서도 더욱더 강해지는 열정을 보여 주어야 한다.

진정한 열정을 갖고 있는 사람일수록 수많은 난관이나 장애물까지도 열정으로 녹여 버린다. 장애물이 있을수록 오기와 배짱으로 세상과 맞서야 한다. 열정을 갖고 있는 사람일수록 쉽게 포기하지 않지 않는가.

자신보다 힘이 약하거나 부족하다고 생각되는 사람에게는

넉넉함을 보여 주자. 비록 지금 자신에게 금전적인 손해가 있더라도 차후에 그 일이 당신을 더욱더 빛나게 할 것이다.

실속만 챙기는 이익을 멀리하고 자신의 일에 매진하면서, 넘어진 사람에게는 이유를 묻지 말고 도와줘야 한다. 당신이 내민 작은 손이 나중에는 당신과 그 사람에게 큰 선물이 될 것이다.

열정은 아름다움을 더욱더 아름답게 만든다.

열정은 무엇인가에 미치는 것을 뜻한다.

열정은 너무나 뜨겁기에 주위에도 전달되며, 열정을 지닌 자는 눈빛이 살아 있다.

그리고 결국은 한계를 초월한다.

당신의 삶은 지금 훌륭하다고 생각하며 열정으로 가득 차 있는가?

그렇다면 그 열정을 느끼는 당신은 행복하다. 세상은 자신이 가진 열정의 정도만큼만 움직인다고 했다.

내 가슴을 두근두근 뛰게 하는 것,

누구에게나 공평한 시간을 누구보다 아끼며 살아가는 것.

내일에 대한 설렘으로 오늘 열심히 일하는 것.

한번 정한 목표를 향해 흔들림 없이 나아가는 것.

이 모든 것이 '열정'이란 두 글자에 담긴 삶의 지혜다.

열정이 당신 안에 살아 있는 한 꿈은 반드시 이루어지리라.

팍팍한 현실이지만 이 땅에 돈이나 출세보다는 자신이 좋아하는 일, 자신이 평생 즐길 수 있는 일을 찾아가는, 열정 가득한 청년들이 더 많아지길 소망한다.

성공의 첫 번째 법칙,
신뢰

한번 깨지면 다시는 회복되지 못하는 것이 신뢰다.

누군가에게 신뢰감을 주기 위해서 제일 필요한 것은 겸손이다. 교만은 인간관계의 뺄셈법칙이고 겸손은 인간관계의 덧셈법칙이라고 했다. 재능이 칼이라면, 겸손은 그 재능을 보호하는 칼집인 것이다. 뛰어난 재능은 인물을 돋보이게 하지만 적을 만들기도 한다. 겸손은 남이 시기해 진로를 방해하지 않도록 미리 제거해 주는 효과까지 있다.

성공한 사람들, 꿈이 큰 사람들일수록 주위사람들에게 위세를 떨치지 않고 늘 겸손하게 대하는 것을 보게 된다. 남을 높인다고 내가 낮아지겠는가? 오히려 나도 같이 높아지게 마련이다.

겸손함은 그 사람의 꿈의 크기다. 지금 그 자리에서 머물지 않고 크게 성장하고 싶은 꿈이 있다면 주위 사람에게 더 겸손해야 하리라.

<겸손의 향기>
- 이해인

매일 우리가 하는 말은
역겨운 냄새가 아닌
향기로운 말로
향기로운 여운을 남기게 하소서.

우리의 모든 말들이
이웃의 가슴에 꽂히는
기쁨의 꽃이 되고,
평화의 노래가 되어
세상이 조금씩 더 밝아지게 하소서.

누구에게도 도움이 될 리 없는
험담과 헛된 소문을 실어 나르지 않는
깨끗한 마음으로

깨끗한 말을 하게 하소서.

나보다 먼저
상대방의 입장을 헤아리는
사랑의 마음으로
사랑의 말을 하게 하시고

남의 나쁜 점보다는
좋은 점을 먼저 보는
긍정적인 마음으로
긍정적인 말을 하게 하소서.

매일 정성껏 물을 주어
한 포기의 난초를 가꾸듯
침묵과 기도의 샘에서 길어 올린
지혜의 맑은 물로 우리의 말씨를
가다듬게 하소서.

겸손히 그윽한 향기.
그 안에 스며들게 하소서.

위대한 사람은 말은 겸손하지만 행동은 남보다 뛰어나다. 그 행동의 토대가 바로 신뢰다.

한번 한 약속은 어떤 일이 있어도 지켜 상대의 신뢰를 사야 한다. 약속은 신뢰의 기본이다. 약속을 깨면 상대뿐만 아니라 자신에게도 상처를 입힌다.

신뢰를 준다는 것은 나만의 이익과 요구보다는 남도 함께 생각하면서 공동의 가치를 추구하는 것을 의미한다. 자신이 원하는 결과를 얻으려면 먼저 남이 원하는 결과를 얻을 수 있도록 도움을 아끼지 말아야 한다. 좋은 일은 남을 앞세우고 궂은 일에는 자신을 앞세우는 사람이 더 많은 것을 성취할 수 있다.

단순히 믿는 차원을 넘어서는 것이 신뢰라는 것이다. 능력과 인품, 둘 다를 갖추지 않으면 진정한 신뢰를 얻기 어렵다는 것도 미루어 짐작할 수 있다.

작은 전투에서의 승리에 집착하다 보면 정작 이겨야 할 전쟁에서 패하는 경우가 많다. 짐 콜린스는 "성공이란 세월이 흐를수록 가족과 주변 사람들이 나를 점점 더 좋아하는 것이다."라고 말한 바 있다. 모든 사람들과의 관계에서 상호 간에 존경과 신뢰를 보낼 수 있는 관계를 구축하는 것이야말로 장기적 승리를 위한 초석이 된다.

일을 하면서 많은 사람들과 만나다 보면 저절로 습득하게 되는 것이 있다. 남의 말에 귀 기울이고 상대를 존중하는 사람에게 먼저 믿음이 가고, 자신이 한 말과 행동에 책임을 질 줄 아는 사람에게 신뢰가 생긴다는 것이다. 쉬운 것 같아도 결코 쉽지 않은 일이다.

존중은 상대를 중요하고 고귀하게 대우하는 것을 말한다. 일의 성과와 관련 없이 인간이기 때문에 받아야 하는 무조건적인 것이다.

사람이 따르는 사람들은 자신보다 상대에게 초점을 맞춘다. 그들은 항상 상대방에 대해 질문하고 상대의 말에 귀 기울인다.

마음에도 상행선과 하행선이 있다. 한가운데에는 자신만이 세워 놓은 단호하면서도 약해 빠진 중앙 분리대가 있다.

길고 짧음은 있을망정 누구나 다 시한부의 삶을 살건만, 그 좁은 울타리 안에서도 좋고 싫은 것의 경계가 너무나 뚜렷하다.

그 때문이 아닐까? 안전을 위해 설치해 놓은 중앙 분리대가 오히려 더 위험하게 느껴지는 것은 그것이 꼭 마음 한가운데 박혀 있는 옹졸함과 닮아 있기 때문일 것이다. 배려에 인색하고, 칭찬에 인색하고, 위로에 인색하고, 그 인색함을 느끼게 하는 가까운 이들에게 더더욱 인색한.

나부터도 이와는 반대로 하고 있었던 건 아닌지 반성하게 된다.

남의 말을 듣기보다 내 말을 더 많이 하진 않았는지…….

알게 모르게 상대를 무시한 적은 없었는지…….

경중을 막론하고 내 말과 행동에 100퍼센트 책임을 졌는
지…….

성공의 첫 번째 법칙, 신뢰를 손에 넣으려면 매일매일 체크
해 보아야 할 것이다.

작은 것을 나누면
큰 것이 되어 돌아온다.

무척 더운 날이었다. 아주 오랜만에 인사동에 갔다.

너무 오랜만이서였을까. 분명 알고 있던 동네였는데도 너무나 생경하여 그간의 세월에 흠칫 소름이 돋았다.

중요한 미팅을 마치고 다시 아산으로 돌아가기 위해 택시를 잡으려 했지만 웬일이지 그날따라 택시가 보이지 않았다. 오후의 뜨거운 햇살이 바람 한 점 없는 거리에서 살려 달라고 울부짖고 있었다. 땡볕에 서서 택시만 기다리고 있기도 뭣해서 마침 내 앞에 선 서울역행 버스에 올라탔다.

아침부터 차도 없이 기차로 움직였던 터라 내 체력은 이미

바닥난 상태였다. 숨도 잘 안 쉬어지고 오른쪽 어깨와 머리도
시큰거렸다.

머리를 차창에 기대고 휴대폰을 챙기는 순간 앞좌석 커버
에 나란히 쓰인 글귀들이 가슴속에 상쾌한 바람 한 자락을 몰
고 왔다.

'함께 있으되 거리를 두라'

아, 감동이었다.

하늘과 땅처럼 말이지. 그러면 그 사이에서 바람을 춤추게 할 수 있다네.

뒤통수를 한 대 맞은 듯했다. 그제야 오늘 유독 컨디션이 안 좋은 이유를 알 것 같았다.

나는 언제나 사람들과의 거리를 메우기 위해 아등바등했다. 생각해 보니 얼마큼 떨어져 있는 것들이 아닌 내 편에 가까이 있는 것들만 사랑했다.

그것이 부질없다는 것을 누구보다 잘 알면서도 모른 척했던 것이다. 부질없어하는 것도 부질없었기 때문이라면 말장난이 되려나. 그렇지만 정말 그랬다. 부질없더라도 가까이 있는 것을 끌어안는 것이, 비겁하게 적당한 거리를 유지하는 것보다는 훨씬 낫다고 생각했으니까.

그런데 사실은 오래전부터 그 반대로 행동하고 있었던 건 또 아닌가 싶다. 문제는 '적당한'이라는 형용사인데 이게 또 사람마다 모두 다르지 않는가. 자신의 잣대로만 보니까 말이다.

어쨌거나 위의 글귀를 읽고 하늘과 땅을 생각하니 감이 딱 왔다. 거리는 곧 여유였다.

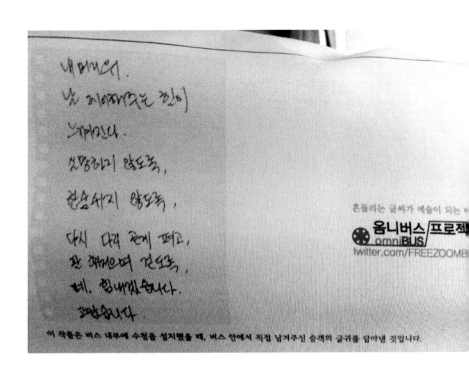

아, 또 감동이었다.

'흔들리는 글씨가 예술이 되는 버스'라고 한다.

나도 이동 중에 글을 많이 쓰는 편이라서 흔들리는 글씨가 주는 느낌을 잘 알고 있는데, 그 글씨가 예술이 될 수 있다는 생각은 미처 못 했다.

일에 쫓겨 메마른 하루하루를 사는 내게 그동안 까맣게 잊고 있던 감동을 선물해 준 것이다.

이 글귀들을 좌석 커버에 새겨 넣을 생각을 한 기획사에게도, 그리고 그것을 후원해 준 버스회사에게도, 한쪽 구석에 흔들리는 글씨로 "다시 다리 곧게 펴고 팔 휘저으며 걷도록 힘을 내겠다."는 글을 남긴 승객에게도, 두루두루 감사했다.

가끔씩 벽에 부딪힐 때마다 힘이 쭉 빠져 가까운 곳에서도 길을 잃고 헤매고 있었는데, 바로 그 일상에서 잡아 탄 버스가 따뜻한 위로가 되어 주었다.

더군다나 내 소중한 가족이 기다리고 있는 집으로 돌아가는 버스였으니, 참 다행이었다.

일상에서도 작은 것을 나누니 큰 것이 되어 돌아온다는 것을 실감한 순간이었다. 이러니저러니 해도 사는 동안에는 늘 힘을 낼 수밖에 없다. 작은 것에도 미소 지을 수 있는 여유와 감동을 회복하면서 말이다.

더군다나 내게는 사랑하는 내 남편, 두 딸 은영, 은지와 든든한 큰사위 승균과 귀여운 작은사위 희찬이, 그리고 눈에 넣어도 아프지 않은 손주 하람이가 있지 않은가. 바라만 보아도 힘이 나는 존재들이다.

우리가 모르는 사이에 보이지 않는 곳에서도 따뜻한 사랑과 나눔이 이어지고 있을 것이다. 내가 먼저 굳게 닫힌 마음을 열고 따스하게 데운 후, 누구에게랄 것 없이 그 마음을 나누어 줄 때 세상의 온도도 1도씩 올라갈 것이다.

욕심은 부릴수록 더 부풀고. 미움은 가질수록 더 거슬리며. 원망은 보탤수록 더 분하고. 아픔은 되씹을수록 더 아리며. 괴로움은 느낄수록 더 깊어지고. 집착은 할수록 더 질겨지는 것이라고 하지 않던가.

반면에 칭찬은 해 줄수록 더 잘하게 되고. 정은 나눌수록 더 가까워지며. 사랑은 베풀수록 더 애틋해지고. 몸은 낮출수록 더 겸손해지며. 마음은 비울수록 더 편안해지고. 행복은 감사할수록 더 커지는 것이다.

행복을 굳이 멀리서 찾을 필요가 없다. 행복은 평범한 생활 속에서 언제나 감사한 마음으로 남과 나누며 즐겁고 밝게 사는 것이리니.

나는 오늘도 미국의 작가이자 강연가이며 최초로 본격적인 자기계발서를 만들어 낸 데일 카네기의 글귀 한 구절을 가슴에 새긴다.

　"유쾌한 사람은 자기 일에만 몰두하는 사람이 아니다. 자신의 일을 제쳐 놓고 타인의 문제에 전력을 쏟는 열정이 있는 사람이다. 타인에게 자신의 힘을 나누어 주고 마음을 열어 주는 것은 자신의 삶을 행복하게 만드는 방법이다."

내가 꿈을 이루면
나는 다시 누군가의 꿈이 된다

한 번쯤 걸어 본 적 있는가?

키 큰 나무들이 호위병처럼 이열종대로 죽 늘어서 있는 저 오솔길.

그 길 위에 서서 생각해 본 적 있는가?

어떤 길이든 딱 자기 마음의 너비와 길이만큼만 볼 수 있다 는 사실.

돌을 고르고 땅을 다지고 마음이 새지 않게 나무를 심어 놓 은 길 하나,

당신 가슴속에 놓아둔 적 있는가?

마음과 마음이 닿으면 언제든 길이 날 수 있다고 굳세게 믿 으며,

오늘도 마음을 닦듯 길을 닦고 있는가?

마음밭에 성글게 흩어져 있던 상처 난 돌들부터 골라내고,

두 발로 있는 힘껏 힘을 주어 단단하게 생각을 다지고,

나중에 커서 시원한 그늘이 되어 줄 어린 나무들도 마음 가 장자리에 주르르 심어 주고.

아, 그보다 먼저 내 마음의 크기만큼 길의 너비와 길이부터 정해야겠다.

그렇게 정성 들여 차근차근 길을 닦다 보면, 또 모르지.

내가 먼저 걸어간 길이 또 하나의 길이 되고, 내가 이룬 꿈이 다시 또 누군가의 꿈이 될지도.

얼마나 멋진 일인가.

힘이 들어도 역경을 만나도 끝까지 포기하지 않고 닦아 왔던 길들과 이루고자 노력했던 꿈들이, 내 뒤를 따라오는 이들에게 새로운 이정표가 되고 새로운 희망이 될 수 있다는 것은.

말과 행동으로 자신이 어디로 가고 있는지 알고 있음을 보여 줄 때 세상도 그를 위해 길을 비켜 준다고 했다.

자신의 꿈을 향해 당당하게 나아간다면, 그리고 상상해 온 삶을 위해 꾸준히 노력한다면 우리 모두 원하는 삶을 만들어 갈 수 있지 않을까.

남들이 가지 않는 길도 갈 수 있는 용기와 두려움을 감수하는 의지가 있다면 꿈은 더 이상 꿈이 아닌 현실로 다가올 수 있으리라.

자기 자신을 진정으로 믿고 간절하게 소망하며 열정으로 행동하자. 그러면 누구든지 무한한 성취를 얻을 수 있으리라.

열심히 길을 닦고, 새 길을 내어, 그 길을 차근차근 넓혀 온 내가 또다시 누군가의 꿈이 되려면, 나부터 멋진 사람이 되어야 한다.

여러분은 '멋진 사람이 되는 10가지 비결'에 대해 알고 있는가? 나는 매일매일 이 10가지 비결을 가슴에 새기며 그것을 실현하기 위해 노력한다. 끊임없이 노력하는 사람을 이길 수 있는 것은 없다고 굳게 믿으며.

첫 번째 비결, 힘차게 일어나라!
시작이 좋아야 끝도 좋다. 육상선수는 심판의 총소리에 모든 신경을 곤두세운다. 0.001초라도 빠르게 출발하기 위해서다. 올해 365번의 출발 기회가 있다. 빠르냐, 늦느냐가 자신의 운명을 다르게 연출한다. 시작은 빨라야 한다. 아침에는 희망과 의욕으로 힘차게 일어나라.

두 번째 비결, 당당하게 걸어라!
인생이란 성공을 향한 끊임없는 행진이다. 목표를 향하여 당당하게 걸어라. 당당하게 걷는 사람의 미래는 밝게 비쳐지지만, 비실거리며 걷는 사람의 앞날은 암담하기 마련이다. 값진 삶을 살려면 가슴을 펴고 당당하게 걸어라.

세 번째 비결, 오늘 일은 오늘로 끝내라!
성공해야겠다는 의지가 있다면 미루는 습관에서 벗어나라. 우리가 살고 있는 것은 오늘 하루뿐이다. 내일은 내일 해가 뜬다 해도 그것은 내일의 해다. 내일은 내일의 문제가 우리를 기다린다. 미루지 말라. 미루는 것은 죽음에 이르는 병이다.

네 번째 비결, 시간을 정해 놓고 책을 읽어라!

책 속에 길이 있다. 길이 없다고 헤매는 사람의 공통점은 책을 읽지 않는 데 있다. 지혜가 가득한 책을 소화시켜라. 하루에 30분씩 독서 시간을 만들어 보라. 바쁜 사람이라 해도 30분 시간을 내는 것은 힘든 일이 아니다. 하루에 30분씩 독서 시간을 만들어 보라. 학교에서는 점수를 더 받기 위해 공부하지만, 사회에서는 살아남기 위해 책을 읽어야 한다.

다섯 번째 비결, 웃는 훈련을 반복하라!

최후에 웃는 자가 승리자다. 그렇다면 웃는 훈련을 쌓아야 한다. 자신을 돋보이게 하는 지름길도 웃음이다. 웃으면 복이 온다는 말은 그냥 생긴 말이 아니다. 웃다 보면 즐거워지고 즐거워지면 일이 술술 풀린다. 사람은 웃다 보면 자신도 모르게 긍정적으로 바뀐다. 웃고 웃자. 그러면 웃을 일이 생겨난다.

여섯 번째 비결, 말하는 법을 배워라!

말이란 의사소통을 위해 하는 것만은 아니다. 자기가 자신에게 말을 할 수도 있고, 절대자인 신과도 대화할 수 있다. 해야 할 말과 해서는 안 될 말을 분간하는 방법을 깨우치자. 나의 입에서 나오는 대로 뱉는 것은 공해다. 상대방을 즐겁고 기쁘게 해 주는 말 힘이 생기도록 하는 말을 연습해 보자. 그것이 말 잘하는 법이다.

일곱 번째 비결, 하루 한 가지씩 좋은 일을 하라!
인생에는 연장전이 없다. 그러나 살아온 발자취는 영원히 지워지지 않는다. 하루에 크건 작건 좋은 일을 하자. 그것이 자신의 삶을 빛나게 할 뿐 아니라 사람답게 사는 일이다. 좋은 일 하는 사람의 얼굴은 아름답게 빛난다. 마음에 행복이 가득 차기 때문이다.

여덟 번째 비결, 자신을 해방시켜라!
어떤 어려움이라도 마음을 열고 밀고 나가면 해결된다. 어렵다, 안 된다, 힘들다고 하지 말라.
굳게 닫힌 자신의 마음을 활짝 열어 보자. 마음을 열면 행복이 들어온다. 자신의 마음을 열어 놓으면 너와 내가 아니라 모두가 하나가 되어 기쁨 가득한 세상을 만들게 된다. 마음을 밝혀라. 그리고 자신을 해방시켜라.

아홉 번째 비결, 사랑을 업그레이드시켜라!

사랑은 아무나 하는 것이 아니다. 그런데도 아무나 사랑을 한다. 말이 사랑이지 진정한 사랑이라고 할 수는 없는 일이다. 처음에 뜨거웠던 사랑도 시간이 흐름에 따라 차츰 퇴색된다. 그래서 자신의 사랑을 뜨거운 용광로처럼 업그레이드시키는 것이 필요하다. 지금의 사랑을 불살라 버리자. 그리고 새로운 사랑으로 신장개업하라.

열 번째 비결, 매일 매일 점검하라!

생각하는 민족만이 살아남는다. 생각 없이 사는 것은 삶이 아니라 생존일 뿐이다. 이제 자신을 점검해 보자. 인생의 흑자와 적자를 보살피지 않으면 내일을 기약할 수가 없다. 저녁에 그냥 잠자리에 들지 말라. 자신의 하루를 점검한 다음 눈을 감아라. 나날이 향상하고 발전한다.

아직 길 위에 있는
이들에게

가끔씩 버스 정류장에 간다.

버스를 타기 위해서가 아니라 저만큼 떨어져서, 타고 내리는 사람들과 그대로 버스에 남아 있는 사람들을 구경하기 위해서다.

그 정경을 바라보는 일은 이상하게도 내게 눈물겨운 희망을 준다.

마중이나 배웅을 나온 이들을 만나게 될 때면 더욱 그렇다. 그 모습이 참 간지럽게 예쁘다.

기다림이란 스스로에게 거는 최면과 같다.

소중한 이들을 가슴에 담고 그들의 손을 끝까지 놓지 않으려면, 단순히 끈기와 의지만 필요한 것이 아니다.

때로는 분노도 필요하고 때로는 절망도 필요하다.

타는 이가 있으면 내리는 이가 있듯이.

끈기와 분노가 의지와 절망이 번갈아 덤벼들어도, 행여 누군가 곁에서 "레드선!" 하고 손가락을 맞부딪쳐 깨워도, 끝까지 스스로에게 걸고 있는 희망을 풀지 않는 것.

그것이 기다림이다.

기다림이 힘겨워질 때는 자신과는 전혀 무관한 이들의 삶을 바라보는 것도 도움이 된다.

돌아오는 사람은 돌아오는 대로, 떠나는 사람은 떠나는 대로, 그만큼의 무게를 짊어지고 살아가건만, 어김없이 하루는 더해지고 그것과 반비례해서 삶의 부피는 줄어든다.

줄어든 부피만큼 머리가 비어 갈 때마다 나는 버스 정류장에 간다.

그렇다. 내 눈길을 가장 오래 붙잡고 있는 것은 타고 내리는 이들도, 마중과 배웅을 나온 이들도 아니다. 흔들리는 눈빛으로 차창 밖을 바라보며 버스 안에 그대로 남아 있는 이들. 난 그들을 제일 사랑한다. 아직 길 위에 있는 이들을.

길 위에서 더 넓은 세계를 향해 나아가기 위해 힘들어도 포기하지 않는 이들, 그들에게 마음 다해 힘찬 응원의 박수를 보낸다. 내가 길 위에 있을 때 내게 따스한 격려를 해주었던 사람들처럼 말이다.

어쩌면 지금 당신이 건넨 사소한 말 한마디가 그들에게 힘이 될 수도 있으리라. "좋은 아침!"이라는 말 한마디가 희망이 되고, "즐거운 하루 돼"라는 말 한마디가 행복의 근원이 되고, "맛있는 점심 먹어!"라는 말 한마디에 에너지가 솟아나고, "커피 한잔 놓고 가"라는 말 한마디에 몰렸던 피곤이 도망가고, "노래 한 곡 올리고 간다"라는 말 한마디에 즐거운 시간이 되고, "수고했어"라는 말 한마디에 내일의 꿈을 꿀 수 있고, "잘자"라는 말 한마디에 좋은 꿈을 꿔서 행복해지고, "힘내"라는 말보다 "힘들지"라는 위로 한마디로 살아갈 용기와 위안을 얻을 수 있지 않을까.

내가 건넨 말 한마디에 누군가 힘을 얻는다면 이보다 흐뭇한 일도 또 없으리라. 세상이 아무리 각박해져도, AI(인공지능)가 사람을 대신하는 시대가 되었어도, 흉포한 범죄가 횡행해도, 절대로 사람만큼은 포기할 수 없다. 더욱이 우리는 정情이라는 따스한 민족성으로 엮인 한민족이 아닌가. 이럴 때일수록 사람이 주는 온기의 가치를 소중히 여겨야 한다.

짧다면 짧고 길다면 긴 인생의 여정에서 만난 사람들. 나는 그들을 통해 많은 것을 보고 많은 것을 배웠다.
열악한 상황에서도 고개 젓지 않고 더 열심히 노력하는 이들에게는 긍정을 배웠고, 실패에 굴하지 않고 다시 일어나는 이들에게는 불굴의 의지를 배웠고, 욕심을 내려놓고 나누며 사는 이들에게는 상생을 배웠다.

가까이에 있는 내 두 딸에게는 열정과 젊음의 도전정신을 배웠고, 늘 내 삶의 그늘이 되어 주는 남편에는 배려와 관대함을 배웠다.

살면서 만나는 수많은 사람들을 있는 그대로 인정하자. 그리고 무엇보다 정직하게 대하자.

마을을 떠돌며 떡을 파는 할머니가 있었다. 떡이 먹음직스럽고 값이 싸서 가는 곳마다 사람들이 몰려들었다. 한번 떡을 사먹은 사람은 반드시 처음보다 더 많이 사 가려 했기 때문에 자리를 펴자마자 떡은 다 팔렸다. 하지만 떡이 잘 팔릴수록 할머니는 한숨을 쉬며 그 마을에 다시 나타나지 않았다.

그날도 할머니는 낯선 동네에서 떡을 팔았다. 여느 동네에서와 마찬가지로 떡을 한번 산 사람들은 다시 와서 더 많은 떡을 사 갔다. 그때였다. 어린 소년이 할머니의 손에 금화를 내밀었다.

"이 금화만큼 떡을 달라는 거냐?"

"아닙니다. 할머니께 산 떡에서 이 금화가 나왔어요. 제 것이 아니라서 가져왔습니다."

떡장수 할머니는 많은 유산과 사업장을 물려줄 후계자를 찾고 있던 중이었다. 그동안 정직한 사람을 찾기 위해 금화가 든 떡을 팔며 전국을 돌아다녔던 것이다.

사람은 눈앞에 보이는 작은 욕심 때문에 큰 복을 얻지 못하는 경우가 많다. 거짓말하는 사람들은 거짓말을 통해 자신이 이득을 얻는다고 생각하겠지만 결국은 손해로 돌아온다. 그러고 보면 불공평한 세상 같아도 공평한 것이 세상이다.

세상의 온도를 1도 올리는 일에 나부터 앞장서야겠다.
진심으로 사람을 존중하고 남을 배려하는 마음을 갖는 것, 그리고 그것을 실천하는 작은 노력들만으로도 이 세상은 훨씬 살기 좋은 곳, 반짝반짝 행복이 빛나는 세상으로 바뀔 수 있을 것이다.

함께 행복한 세상,
모나무르

가만히 바라만 봐도 행복한 정경이 있다.

바다 한 켠에서 눈부신 은빛으로 부서져 내리는 파도와 반쯤 물에 잠긴 바위 위로 길게 늘어선 사람들.

홀로 있거나 둘이 있거나 앉아 있거나 서 있거나, 삶을 향해 던진 낚싯대에 아무것도 걸려들지 않아도, 하늘과 바다와 사람이 한데 어우러져 반짝반짝 윤을 내니 매섭던 삭풍도 어느새 훈풍으로 바뀌어 분다.

그 따뜻한 바람 속 오늘에 깃들어 있는 일상의 소중함을 잊지 않아야 한다.

사람들과 더불어 살아가는 지금 이곳에서, 함께할 수 있음
이 가장 큰 축복임을 꼭꼭 씹어 기억해야 한다.

굽이진 길목에서 만나 내게 먼저 손을 내밀어 주었던 사람들,
이제는 그들에게 내가 먼저 손을 내밀어 줄 차례다.

\<동행\>

- 관허스님

인생길에

동행하는 사람이 있다는 것은

참으로 행복한 일입니다

힘들 때 서로 기댈 수 있고

아플 때 곁에 있어 줄 수 있고

어려울 때 힘이 되어 줄 수 있으니

서로 위로가 될 것입니다

여행을 떠나도 홀로면 고독할 터인데

서로의 눈 맞추어 웃으며

동행하는 이 있으니

참으로 기쁜 일입니다

사랑은 홀로는 할 수가 없고

맛있는 음식도 홀로는 맛없고

멋진 영화도 홀로는 재미없고

아름다운 옷도 보아줄 사람이 없다면

무슨 소용이 있겠습니까

아무리 재미있는 이야기도
들어줄 사람이 없다면
독백이 되고 맙니다.

인생길에 동행하는 사람이 있다면
더 깊이 사랑해야 합니다.

그 사랑으로 인하여
오늘도 내일도 행복할 수 있습니다.

진정으로 나의 이익을 추구하는 사람이라면 먼저 이타적 관점에서 타인의 이익을 챙겨 주어야 하리라. 남을 위해 베푸는 것 자체가 자신의 행복이 되고, 많이 베풀수록 더 많이 되돌아오기 때문이다.

성공을 향해 달릴 때에도 먼저 베풀어야 한다. 다른 사람을 가장 많이 도운 사람이 가장 먼저 성공하기 때문이다.

수많은 좋은 것들은 나눌수록 더 커지고, 나누는 데 큰 비용이 들지도 않는다. 내가 먼저 꿈꾸고, 내가 먼저 믿어 주고, 내가 먼저 사랑하고, 내가 먼저 나눔으로써, 나눌수록 더 커지는 기적을 모두 함께 만들어 가야 세상이 보다 살기 좋은 곳으로 바뀔 것이다.

더 많은 이들과 동행하기 위해 내가 고향으로 돌아와 제일 먼저 꾼 꿈은 아산에 복합문화예술 공간을 건립하는 것이었다.

문화를 나누고 예술을 나누고 행복을 나누어, 때로는 뜨겁게 때로는 설레게 때로는 환하게 아산 시민의 가슴을 밝혀 주는 유의 숨결과 꿈결의 메시지가 살아 움직이는 공간. 그곳이 바로 전시, 공연, 휴식을 아우르며 오감체험이 가능한 감성공간 <모나무르>*다.

어릴 적 소녀의 꿈이 꿈으로만 그치지 않고, 인생의 굽이굽이에서 만난 수많은 사람의 도움으로 싹이 나고 열매를 맺어 마침내 <모나무르>로 재탄생하였다.

기꺼이 이 꿈에 동참하고 언제나 한결같이 든든한 지원을 아끼지 않았던 남편과, 어느새 <모나무르>의 공연을 기획하며 엄마의 든든한 조력자가 되어 준 두 딸에게 이 자리를 빌려 다

_____

* 모나무르(MON AMOUR): 프랑스어로 '내 사랑'이란 뜻

시 한번 감사와 사랑을 전한다.

이곳 <모나무르>에서 보다 많은 사람들이 함께 행복한 세상을 만들어 가는 것.

나의 꿈은 지금도 현재진행형이다.

사람이 희망이 되는 세상!

사람이 쉼터가 되는 세상!

사람이 축복이 되는 세상!

그래서 우리 모두가 행복한 세상!

여러분과 동행하는 <모나무르>가 꿈꾸고 실현해 가는 세상이다.

마음이 닿으면
길이 된다

3년 남짓입니다. 새 길을 만들고 낯선 풍경 속을 두리번거리며 걸어온 지가.

'마음이 닿으면 길이 된다'는 신념으로 더디지만 찬찬히 걸음을 옮겼습니다. <모나무르>를 건립하기까지, 그 길에서 만났던 여러분들의 도움이 있었기에 중간에 포기하지 않고 여기까지 올 수 있었습니다.

무엇보다 시댁과 친정식구들, 그리고 새 식구가 되어 준 사돈댁 분들과 남편, 두 딸, 두 사위의 변함없는 지지와 사랑이 가장 컸습니다. 가슴 깊이 감사의 인사를 드립니다.

<모나무르> 개관을 맞아 이제 한 번 더 끈기로 무장을 하고 길로 나섭니다. 가방을 챙기기 전 잠시 걸어온 길과 걸어갈 길을 살피면서요.

우리 모두 어느 길에서든 자신이 놓아야 할 것과 붙잡아야 할 것을 혼동하지 않으며 살면 좋겠습니다.

마음을 다하면 반드시 전해진다는 그 평범한 진리를 의심하지 않으면 참 좋겠습니다.

준 마음과 받은 마음, 여러분의 추鍾는 어느 쪽으로 기울어 있는지요?

혹여 한쪽으로만 너무 기울어졌다고 해도 너무 상심하지는 마십시오.

언젠가는 반드시 수평을 이룰 날이 올 것입니다. 마음을 놓치지 않는 한 말입니다.

그렇게 사는 내내 서로의 마음이 서로에게로 닿아, 아늑한 길들이 많이 생기기를 바라 봅니다.

서로를 지킨다는 건 '담쟁이덩굴'과도 같습니다.

잎을 틔우기 전에는 앙상한 줄기뿐이지만, 날이 깊어질수록 하나씩의 길을 더 내며 서로에게 무성해지는 것.

같은 쪽을 바라보며 같은 마음으로 발걸음을 옮길 수 있다는 건 얼마나 멋진 일인지요. 삶은 그래서 더 행복합니다.

　어두운 밤길 조심하라고 누군가 켜 놓았을 가로등 하나.

　매일매일 다른 모습으로 하루도 빠짐없이 곁으로 찾아드는 착한 달님.

　우리들 가는 길이 언제나 이 두 개의 따사로운 불빛으로 가득하기를 소망합니다.

내가 꿈을 이루면,
나는 다시 누군가의 꿈이 된다

— 권선복
도서출판 행복에너지 대표이사

　여기, 자신이 뜻한 바를 이루기 위해 숱한 고난 속에서도 희망을 잃지 않고 한 걸음씩 전진하여, 오롯이 자신의 길을 만들고 넓혀 가는 사람이 있다.

　아산의 조그만 산골 소녀에서 전시, 공연, 휴식을 아우르며 문화와 예술, 꿈을 나누는 감성 복합문화센터 <모나무르>를 설립한 윤경숙 대표다.

　그가 지금 이 시대에 더 빛나는 것은, '어떤 상황에서든 열심히 노력하여 자신의 꿈을 이루면, 자신이 다시 누군가의 꿈이 될 수 있다'는 신념으로 무장한 채 하루 1분 1초도 허투루 쓰지 않았기 때문이다.

　그의 성공에 있어 필수조건은 열악한 환경 속에서도 꿈을 잃지 않고 無에서 有를 창조한 그의 도전정신과 열정뿐이었다.

'간절함이 인생을 바꾼다'는 전제하에 끊임없이 노력하여, 그것을 한 단계 한 단계 실천으로 옮겨간 그의 삶 자체가, 바로 용기와 희망의 메시지인 셈이다.

감동은 멀리 있지 않다. 뜻하지 않게 맞닥뜨린 시련 속에서도 스스로를 믿고 한 걸음씩 전진하여, 마침내 자신만의 길을 만들고 넓혀 낸 사람!

남편과 아이들의 사랑 속에서 한결같은 인내와 노력으로 삶과 정면 승부하여 자신의 꿈을 이루고, 이제는 다시 누군가의 꿈이 되어 수많은 이들에게 희망의 에너지를 전파하고 있는 윤경숙 대표! 그가 아름다운 이유다.

그는 끊임없이 변신한다. 평범한 두 아이의 엄마에서 웨딩·파티디렉터로, 환경조경학박사로, 대학교수로, 모나무르 대표로… 변신에 변신에 거듭하며 최고의 자리에 선 순간에도 도전하는 삶을 계속하고 있다.

문화와 예술을 나누는 사랑의 전도사 윤경숙 대표의 반듯한 삶의 철학이 녹아 있는 이 책을 통해, 가슴 뭉클한 감동과 잃어버린 자존감, 그리고 사랑의 진정한 의미를 다시 한번 되새겨 볼 수 있을 것이다.

언제나 삶에 당당한 그의 발자취를 따라가 보는 것만으로도 수많은 독자들, 특히 삶의 좌표를 잃은 청년들과 제2의 인생을 꿈꾸며 새로운 도약을 필요로 하는 사람들을 비롯하여, 이 땅의 꿈을 잃은 모든 이들에게 새 희망의 이정표가 되어 주리라 확신한다.

모쪼록 독자 여러분 모두 자신이 열심히 노력하여 이루면 누군가의 꿈이 될 수 있음을 가슴 깊이 새기고, 더 활기차고 팡팡팡 행복에너지 넘치는 인생을 살아가길 기원한다.

MONAMOUR

물과 빛 그리고 소리의 힐링 공간, **모나무르**

물, 빛, 소리 세 가지를 담아낸 복합문화센터 모나무르는
각 문화공간의 특색을 반영한 컬러 컨셉을 가지고 있습니다.
미식의 공간인 레스토랑은 THE RED,
한 폭의 그림 같은 전경의 베이커리 카페는 THE GREEN,
고품격 다목적 공간인 컴플렉스홀은 THE GOLD,
다양한 전시가 열리는 갤러리는 THE PURPLE로 나뉘어집니다.
다양한 색으로 구성되어 있는 모나무르에서 당신의 시간을 컬러풀하게 채워보세요.

프랑스어로 "내 사랑"을 뜻하는 문구를 한국어 발음으로 차용하여,
아산이 가진 천혜의 환경을 담은 모나무르로 재탄생시켰습니다.

MON + AMOUR = **모나무르**

인사말

모나무르는 '프리미엄 힐링 공간'으로써
모든 세대가 다양한 문화를 즐길 수 있는 공간을 꿈꾸며 시작되었습니다.

'자연과 함께할 수 있는 전시·공연·휴식'을 테마로
물과 빛 그리고 소리가 함께 어우러지는 특별한 감성 공간을 제공하고자 합니다.

모나무르의 비전은 창의적인 목표와 끝없는 도전의식을 가지고 다양한 문화 예술을 제공함으로써
문화발전에 이바지하여 아산의 랜드마크로 자리매김하는 것입니다.

▌모나무르 대표 윤경숙

상명대학교 환경조경학 이학 박사 / 수원대학교 미술학 석사
환경조형작가 / 웨딩 · 파티 디렉터

조직도

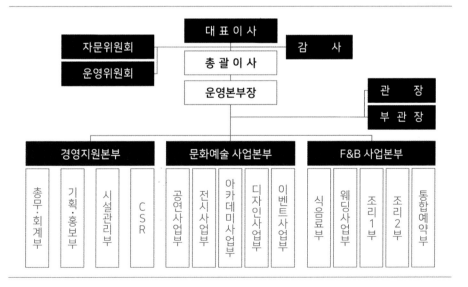

MONAMOUR - THE PURPLE

▎Gallery

다채로움이 주는 신비로움에 매료되다

THE PURPLE 아트 갤러리는 4개의 관으로 구성되어있으며, 다양한 컨셉의 전시에 맞춘
가변적 공간활용이 가능합니다.

전시, 행사, 아카데미실

MONAMOUR - THE GOLD

▎Complex Hall

찬란하게 빛나는 화려함에 압도되다

THE GOLD 컴플렉스홀은 다양한 기획 공연이 이루어지는 공간으로 웨딩, 세미나, 연말파티 등의
행사 진행도 가능합니다.

크기조절이 가능한 이동식 무대, 특수조명,
음향, 빔프로젝트 시설 완비

MONAMOUR - THE GREEN

자연과 함께하는 완벽한 휴식을 즐기다

워터가든과 모던한 모나무르의 건물이 어우러지는 까페에서는
수준급의 커피와 숙성 밀크티, 갓 구운 빵의 향기로 휴양지 무드를 즐길 수 있습니다.

▌Bakery Cafe

운영시간 10 am – 10 pm

워터가든을 배경으로 흐르는
'모나무르 앙상블'의 선율을 느껴보세요

▌Shop-IN-Shop / Flower Shop & Cafe

원데이클래스 전문 플로리스트의 고급스러운 플라워 디자인을 배워볼 수 있는 공간이 마련되어있습니다.

MONAMOUR - THE RED

▌Restaurant

맛깔나는 메뉴들로 입 속 향연이 펼쳐지다

THE RED 캐주얼 다이닝 레스토랑은 특급호텔 출신 쉐프팀의 시그니처 메뉴를 오감으로 느끼실 수 있도록 마련된 공간으로, 모던한 인테리어에 식욕을 돋구는 레드 컬러가 포인트로 사용된 공간입니다.

운영시간 10 am – 10 pm

MONAMOUR - THE BLUE

▌Semi Buffet

정갈한 음식으로 마음까지 푸근하게 채우다

THE BLUE 세미뷔페는 깔끔한 맛의 음식들로 집밥을 먹는 푸근함까지 선사해 드립니다.

운영시간 11 am – 8 pm

WELCOME TO **MONAMOUR** ENSEMBLE

'모나무르 앙상블'은 개개인이 솔로리스트, 작곡가, 음악 감독 및 기획자로 활동하고 있는
국내외에서 인정받은 연주능력을 갖춘 음악인으로 구성된 앙상블입니다.
단순히 클래식 음악의 장르에 국한하지 않고 대중음악, 팝음악, 뮤지컬, 클래식, 무용, 미술 등
모든 예술 장르를 융합해서 대중들이 조금 더 쉽게 클래식 음악을 즐길 수 있도록
다양한 시도를 할 예정입니다

음악감독 & 피아니스트
이범재

바이올리니스트
박은지

소프라노
박은영

CORPORATE SOCIAL RESPONSIBILITY

▌지역 사회 공헌

수준 높은 기획 공연 및 전시 등으로 아산시의 문화예술활동을 진흥시키는 것은 물론,
지역 사회 구석구석 보탬이 되고자 다양한 사회공헌활동을 기획 및 진행할 예정입니다.

다문화 가정 합동결혼식

결식아동후원

바자회

이벤트플라워 기부 (미혼모시설, 노인요양원 등)

복합문화공간 **모나무르** 오시는길

대중교통 이용시

150번-엘크루아파트방면
고속버스터미널
온양온천역 신한은행

350번-창암1리행 / 351번-행목2리행 / 352번-창암2리행
시외버스터미널(환승정류장) 온양온천역

신한은행 엘크루아파트에서 하차

충청남도 아산시 장존동 185-7 (순천향로 624-11)

monamour1857@naver.com

www.monamour.kr

monamour1857

041)582-1004   041)582-1003

'행복에너지'의 해피 대한민국 프로젝트!
〈모교 책 보내기 운동〉

대한민국의 뿌리, 대한민국의 미래 **청소년·청년**들에게 **책**을 보내주세요.

　많은 학교의 도서관이 가난해지고 있습니다. 그만큼 많은 학생들의 마음 또한 가난해지고 있습니다. 학교 도서관에는 색이 바래고 찢어진 책들이 나뒹굽니다. 더럽고 먼지만 앉은 책을 과연 누가 읽고 싶어 할까요?
　게임과 스마트폰에 중독된 초·중고생들. 입시의 문턱 앞에서 문제집에만 매달리는 고등학생들. 험난한 취업 준비에 책 읽을 시간조차 없는 대학생들. 아무런 꿈도 없이 정해진 길을 따라서만 가는 젊은이들이 과연 대한민국을 이끌 수 있을까요?

　한 권의 책은 한 사람의 인생을 바꾸는 힘을 가지고 있습니다. 한 사람의 인생이 바뀌면 한 나라의 국운이 바뀝니다. **저희 행복에너지에서는 베스트셀러와 각종 기관에서 우수도서로 선정된 도서를 중심으로 〈모교 책 보내기 운동〉을 펼치고 있습니다.** 대한민국의 미래, 젊은이들에게 좋은 책을 보내주십시오. 독자 여러분의 자랑스러운 모교에 보내진 한 권의 책은 더 크게 성장할 대한민국의 발판이 될 것입니다.

　도서출판 행복에너지를 성원해주시는 독자 여러분의 많은 관심과 참여 부탁드리겠습니다.

 임직원 일동
문의전화　0505-613-6133

아버지의 유산

고지석 지음 | 값 20,000 원

이 책은 누구보다도 치열하게 살았던 한 사람의 인생 회고록이자 오르막길에서는 발견하지 못했던 작은 꽃을 내리막길에서 발견하며 느끼는 소중한 경이로움에 관한 이야기라고 할 수 있다. 어릴 적의 사고로 남들보다 몸이 약했지만 결코 뒤지지 않는 도전정신으로 살아온 고지석 저자의 역동적인 인생 페이지 속 인간적인 깨달음이 담긴 문장들은 독자들의 가슴에도 한 송이 작은 꽃으로 남게 될 것이다.

국회 국정감사 실전 전략서

제방훈 지음 | 값 22,000원

이 책 『국회 국정감사 실전 전략서』는 저자 제방훈 보좌관이 자신의 경험과 지식을 기반으로 엮어 낸 국회의원과 보좌관들의 국정감사 전략, 공무원들의 피감기관으로서 갖춰야 할 자세, 그리고 더 나은 국정감사를 위해 국회와 정부, 기업에 던지는 미래 제언을 담고 있다. 특히 정치에 관심을 가진 일반 국민들에게는 의회민주주의의 꽃이라고 할 수 있는 국정감사의 본질과 생생한 면모를 보여줄 수 있는 책이 될 것이다.

내 손안의 1등 비서 스마트폰 100배 즐기기

박용기 외 8인 지음 | 값 25,000원

이 책은 스마트 사회에서 사각지대에 놓이기 쉬운 실버 세대들이 현대 사회의 필수도구인 스마트폰을 쉽게 익혀 생활에 활용할 수 있도록 안내하고 있다. 스마트폰의 가장 기본적인 기능과 어르신들에게 꼭 필요한 앱을 중심으로 다루고 있으며 사진과 함께 큰 글씨로 쉬운 설명을 곁들여 누구나 금세 손에 익힐 수 있게 구성되어 있다. 특히 실버 세대의 니즈에 맞춘 스마트폰 기능에 초점을 두고 있는 것이 특징이다.

스마트폰 100배 활용하기

조기조 · 홍주옥 · 양지웅 · 박대영 지음 | 값 25,000원

이 책 『스마트폰 100배 활용하기』는 '4차 산업혁명의 첨병'인 스마트폰을 단시간 내에 이해하여 실생활에서 가장 효과적으로 다룰 수 있도록 스마트폰의 기본적인 기능, 사용 방법과 함께 실제 많이 사용되는 스마트폰 앱(App)의 종류와 앱의 사용 방법을 소개하고 있다. 특히 실질적으로 스마트폰이 필요한 분야별로 내용을 나누어 유용한 앱들을 풍부한 사진과 함께 소개함으로써 입문자들의 활용서로도 큰 도움이 될 것이다.

불길순례

박영익 지음 | 값 25,000원

이 책 『불길순례』는 외적의 침입을 가장 먼저 알리며 우리 국토와 민족을 지키기 위한 최전선에 있었던 전국 210여 개 봉화 유적을 직접 발로 뛰며 탐방한 여행기인 동시에 탐문과 자료 수집을 통해 한반도의 봉화 역사를 밝혀 낸 연구서라고 할 수 있다. 고단했던 노정의 땀 냄새, 피땀 어린 연구열이 고스란히 배어 있는 이 책은 우리에게 전국 봉화에 깃든 선조의 얼과 함께 전해 내려오는 기상과 추억을 되짚도록 도와줄 것이다.

그때 들키고 말걸 그랬어

이찬우 지음 | 값 15,000원

이찬우 시인의 시는 아슬아슬하다. 대놓고 슬프다고 왕왕 울지 않고 지긋이 슬픔의 감정 너머를 바라본다. 그가 전하는 시어들은 삶이라는 뜨거운 햇빛에 부서질 것처럼 울리다가도 그것이 아프다고 말하지 않는다. 그가 겪는 애잔한 감성은 '뚜껑을 열어놓은 향수처럼 휘발되지 말아야 할' 것이며 그가 지켜야 할 무언가이기에 한결같이 아프고 아리지만 결코 버릴 수 없는 것들을 이야기한다.

하늘이여 들으라

임태선 지음 | 값 15,000원

이 책 『하늘이여 들으라』는 북한의 군사적 위협과 일본, 중국의 경제적 위협이 가속화되는 이 시점에 우리의 역사의식과 안보의식을 되돌아보게 해 주는 소설이다. 반성하는 일, 되돌이켜 보는 일. 동족 간의 피비린내 나는 전쟁을 다시는 반복하지 않기 위해 꼭 필요한 일이라고 말하는 저자는 국정농단, 대통령 탄핵, 북한 핵개발, 북미정상회담 등 굵직한 현 시대의 사건들을 종횡무진 횡단하며 최종적으로는 시베리아 횡단 열차를 타고 남북이 자유로이 교류할 수 있는 미래를 이야기한다.

귀농해서 무엇을 심을까

박동진, 김완수 지음 | 값 15,000원

이 책 『귀농해서 무엇을 심을까?』는 이렇게 한 치 앞이 불확실한 상태로 귀농귀촌을 시작하는 도시민들을 위한 종합적 귀농귀촌 가이드라인이다. 여주시 농업기술센터 소장으로 퇴직 후 귀농귀촌 컨설팅 전문가로 활동하고 있는 김완수 저자는 귀농인들의 고민사항 중에서도 가장 큰 고민 중 하나인 '무엇을 심을까?'를 메인 테마로 삼아 새로 시작하는 농업인들이 고려해야 할 주요 농산물들의 품종과 재배 방법, 재배 시 주의해야 할 점, 귀농귀촌에 필요한 마음가짐 등을 이야기한다.

당질량 핸드북

방민우 지음 | 값 13,000원

이 책 『당질량 핸드북』은 수많은 다이어트법 중에서도 최근 주목받고 있는 '키토제닉 다이어트'에 기반한 저당질 식이요법을 돕는 가이드북으로서 전작 『당질 조절 프로젝트』의 후속작 개념의 책이다. 실제 저당질 식단을 실천하려는 사람들을 위한 기본 개념, 우리가 먹는 주요 식재료와 음식에 포함된 당질량 수치, 저당질로 맛있는 음식을 즐길 수 있는 요리 레시피 등을 풍성하게 소개하여 당질 조절 다이어트를 실천하는 데에 실질적 도움을 준다.

리스토러티브 요가

최다희(Kali) 지음 | 값 25,000원

이 책은 요가의 다양한 관점과 체계 중에서도 아헹가 요가, 소마틱스, 알렉산더 테크닉을 융합한 다각적 관점을 통해 '휴식요가'라 불리는 리스토러티브 요가를 소개하고 있는 책이다. 『리스토러티브 요가』는 신비적 관점보다는 인간 신체의 해부학적 구조를 기반으로 요가 이론과 실제를 녹여내고 있다는 점이 특징이다. 또한 다양한 요가 도구를 적극적으로 활용하여 누구나 더 쉽게 리스토러티브 요가의 세계를 탐구할 수 있도록 도와준다.

삶은 다 경이롭다

차용국 지음 | 값 13,000원

도시화가 진행되면서 사람들은 점차 자연과 멀어졌다. 이런 사회 분위기 속에서도 시인은 여전히 자연을 노래하고 있다. 이 시집을 읽은 독자라면 누구나 느낄 수 있을 것이다. 아스팔트 바닥 틈새로 피어난 꽃을 바라보는 시인의 섬세한 시선을 말이다. 이러한 시인의 시선을 따라가다 보면 어느새 삭막해진 마음 한구석에도 따뜻한 긍정 에너지가 움트는 것을 느낄 수 있을 것이다.

네 지붕 한 가족(1, 2부)

황경호 지음 | 값 각 15,000원

'네 지붕 한 가족'은 1930년대부터 현대에 이르기까지 저마다 다른 운명에 맞서 투쟁하는 한민족의 가족들의 이야기를 그린 역사소설이다. 소설은 숨 가쁘게 우리민족의 역사를 평범한 주인공들이 겪어나가는 고난을 통해 절절히 그려나가며 독자들을 이야기 속으로 빨아들인다. 이들의 치열한 삶을 통해 우리는 민족에 대한, 인간에 대한 진한 페이소스를 느낌과 함께 한 시대에 동참하게 되는 자신을 발견하게 될 것이다.

인생 후반전 두려움 없이 서두름 없이

최주섭 지음 | 값 15,000원

이 책은 신체 건강이나 재산 관리, 여가나 인간관계 등 외부적 요인보다 노후의 마음건강과 자아실현과 같은 내적 요인을 핵심 주제로 다루고 있다는 점에서 남다른 가치와 차별성이 있다. 특히 세월이 지나면서 자연스럽게 내적 변화를 받아들이고 성숙해지는 지혜가 필요함을 역설하는 저자는 나이가 듦에 따라 우리 모두에게 생겨나는 자연스런 질문을 통해, 차근차근 육체의 노화와 더불어 마음의 진화를 이루어 가는 방향을 자세히 설명한다.

노예공화국 북조선 탈출

한원채 지음 | 값 15,000원

이 책 『노예공화국 북조선 탈출』은 세 번째 북조선 탈출에 성공한 저자가 연길에서 북조선으로 강제 송환된 뒤 구류장에서의 경험을 통해 북한의 비인도적 인권 무시, 부패 타락한 사회를 백일하에 드러내려 했던 강한 의지로 쓴 원고를 바탕으로 하고 있다. '끝내 탈북하지 못한 탈북자'의 참혹하면서도 강한 의지를 생생하게 담은 수기인 이 책이 폐쇄적인 독재국가 북한 사회를 제대로 아는 데에 조금이나마 도움이 될 수 있을 것이다.

꽃꼰대 가라사대

최종섭, 김종엽 지음 | 값 15,000원

이 책은 입대를 앞둔 대한의 청춘들에게 바치는 '꼰대의 응원'이다. 군 복무기간이 자신의 꿈과 미래를 생각해 볼 수 있는 준비된 자리가 될 수 있다는 관점에서 시작하여 병영생활과 일상생활의 단상을 통한 조언과 함께 '군인'의 관점에서 보다 구체적이고 전문성을 띤 정보를 제공하기도 한다. 이 책이 군인은 물론 모든 청춘들에게 있어 큰 위로와 용기를 심어주는 책이 되기를 바란다.

파워커넥터

이연수 지음 | 값 15,000원

이 책 『파워커넥터』에서 저자는 지식이나 기술을 습득하는 일보다도 사람을 더 많이 아는 일이 큰 재산이라고 말한다. 그런 인맥재산을 두고 인테크라고 말한다. 어떤 사람을 만나느냐에 따라 인생의 전환점을 맞이하기도 하기 때문이다. 이 책에서 말하는 인테크란 바로 인생의 전환점을 가져올 수 있는 비법을 말한다. 저자가 제시하는 인테크의 비법을 깨우친다면 인간관계의 폭을 한층 더 넓힐 수 있을 것이다.

마음속 아이를 부탁해

한영임 지음 | 값 15,000원

이 책 『마음속 아이를 부탁해』는 우리 모두가 살면서 경험하는 '고통'을 어떻게 다스려야 하는지 차근차근 도와주는 수필이자 실용서이다. '우리의 삶은 우리가 마음먹기에 달려있다'는 단순한 진리를 통해 얼마든지 현재의 고통을 벗어날 수 있다는 것을 몸소 체험한 저자는 일상 속에서 체험한 작고 소중한 깨달음, 그리고 평범한 이야기들과 함께 '내 마음을 알아가고 보듬는 방법'을 따뜻하게 풀어낸다

인생 캘리그라피

이형구 지음 | 값 25,000원

글씨와 그림의 중간적인 위치를 가진 미술 기법인 캘리그라피는 최근 남녀노소 할 것 없이 간단하면서도 정서를 풍요롭게 할 수 있는 대중적 예술로 각광받고 있다. 특히 이 책 『인생 캘리그라피』는 캘리그라피의 기본 개념부터 시작하여 방송 · 광고에서 인기 있는 캘리그라피 스타일까지 아우르고 있어 한글 특유의 아름다움과 작가의 감성을 담은 미학적 캘리그라피를 누구나 쉽게 배우고 따라할 수 있게 해주는 가이드북이 될 것이다.

양파망으로 짓는 황토집

김병일 지음 | 값 25,000원

이 책 『양파망으로 짓는 황토집』은 자연과 건강의 대명사, 황토집을 약간의 품만 들여 내 손으로 손쉽게 지을 수 있도록 도와주는 가이드북이다. 우리 주변에서 흔히 볼 수 있는 양파망을 이용, '계량화의 기법'으로 황토집 짓는 노하우의 알파에서 오메가에 이르기까지 모든 것을 책임지고 가르쳐주는 이 책은 내 집을 마련하고픈 소박한 꿈을 꾸고 있는 독자들에게 실질적인 길잡이가 되어 줄 것이다.

다시 제자가 온다

이강일 지음 | 값 15,000원

이 책, 『다시 제자가 온다』는 급격한 세속화로 인해 쇠퇴 일로를 걷고 있는 한국 기독교의 현실을 비판하며 한국 기독교의 재부흥을 위해서는 '직장선교'와 '제자 사역'이 반드시 필요하다는 점을 강조하며 '이강일 목사의 제자훈련 8단계'로 그 방법을 요약한다. 이렇게 굳건한 신앙적 열정이 함께하는 이강일 저자의 제자사역 가이드북 『다시 제자가 온다』는 뜻 있는 교인들의 가슴에 새롭게 열정의 불꽃을 피울 수 있을 것이다.

하이파이브 부부 행복

김진수 지음 | 값 15,000원

이 책은 부부간의 건강한 관계와 소통방식에 대해 얘기하고 있다. 단순히 싸우지 말자는 구호에서 그치는 것이 아니라 어떻게 하면 갈등을 '잘' 풀어나갈 수 있을 것 인가에 관해 고민하며 쓴 책이라고 할 수 있다. 다섯 개의 손가락에 비유되는 각 키워드를 따라가다 보면 가정의 화목을 고민하고 있는 모든 남편, 아내에게 해결의 실마리를 제시해 주는 훌륭한 지침서가 될 것이다.

농업이 미래다

김성수 지음 | 값 15,000원

이 책『농업이 미래다-6차산업과 한국경제』는 산업화와 고도성장 속에서 우리가 쫓아온 산업 강국에 대한 허상을 깨뜨리고 고도로 산업화된 자본주의 선진국일수 록 1차 산업, 즉 농업 기반이 확실하다는 점에 주목하여 농업 경제에 대한 국가적, 개인적 패러다임을 전환할 것을 촉구한다. 경제학 박사로서 저자가 직접 발견하고 컨설팅한 융합농업의 선구사례들 속에서 대한민국 6차 산업의 청사진이 명쾌하 게 드러날 것이다.

간절한 꿈이 길을 열다

윤승중 지음 | 값 25,000원

이 책은 많은 역경을 극복하고 조국을 지키는 특전사로서, 삼성전자의 최장수 도쿄 지사장으로서, 그리고 (주)니토덴코의 첫 한국인 사장으로서 불꽃 같은 삶을 살았던 고 윤승중 대표의 자서전이자 꿈을 잃어버린 사람들에게 전하는 희망의 메시지이다. '현실을 벗어나려면 현실보다 큰 꿈에 올라타라'고 이야기하는 윤승중 대표의 후회 없는 삶은 방황하는 대한민국의 모든 세대에게 용기를 전해줄 것이다.

행복한 삶의 사찰기행

이경서 지음 | 값 20,000원

이 책은『맛있는 삶의 사찰기행』에 이어서 이경서 저자의 108사찰순례를 마무리 하는 기록이다. 더욱 깊어진 통찰과 감성으로 마음을 두드리는 이번 책에도 아름 다운 사진과 불교에 대한 이야기가 가득하다. 페이지 하나하나마다 해당 사찰에 대한 깊은 지식과 동시에 사찰이 가진 아름다움과 불교의 교훈도 세세히 전달하고 자 배려하는 이 책은 우리 땅의 사찰과 함께 우리 불교에 대해서도 알아갈 수 있도 록 한 섬세함이 느껴진다.

하루 5분 나를 바꾸는 긍정훈련

행복에너지

'긍정훈련'당신의 삶을
행복으로 인도할
최고의, 최후의'멘토'

'행복에너지
권선복 대표이사'가 전하는
행복과 긍정의 에너지,
그 삶의 이야기!

인터파크
자기계발 분야 주간
베스트 1위

권선복

도서출판 행복에너지 대표
지에스데이타(주) 대표이사
대통령직속 지역발전위원회
문화복지 전문위원
새마을문고 서울시 강서구 회장
전） 팔팔컴퓨터 전산학원장
전） 강서구의회(도시건설위원장)
아주대학교 공공정책대학원 졸업
충남 논산 출생

책『하루 5분, 나를 바꾸는 긍정훈련 - 행복에너지』는 '긍정훈련' 과정을 통해 삶을 업
그레이드하고 행복을 찾아 나설 것을 독자에게 독려한다.

긍정훈련 과정은 [예행연습] [워밍업] [실전] [강화] [숨고르기] [마무리] 등 총
6단계로 나뉘어 각 단계별 사례를 바탕으로 독자 스스로가 느끼고 배운 것을 직접
실천할 수 있게 하는 데 그 목적을 두고 있다.

그동안 우리가 숱하게 '긍정하는 방법' 에 대해 배워왔으면서도 정작 삶에 적용시키
지 못했던 것은, 머리로만 이해하고 실천으로는 옮기지 않았기 때문이다. 이제
삶을 행복하고 아름답게 가꿀 긍정과의 여정, 그 시작을 책과 함께해 보자.

『하루 5분, 나를 바꾸는 긍정훈련 - 행복에너지』